教室の隅にいた女が、
モテキでたぎっちゃう話。

秋 吉 ユ イ

幻冬舎文庫

教室の隅にいた女が、
モテキでたぎっちゃう話。

目次

本文イラスト
蔦森えん

1章　友達ゼロ

「キミってとってもかわいいね。まるで湖に浮かぶ一輪の花のようだよ」

「……え？」

私、朝倉《あさくら》シノはコレでもかっつーくらいの地味女である。

クセっ毛混じりの長い黒髪、常に伏し目がちで垂れさがりの眉《まゆ》、変化の乏しい表情は、地味！　暗い！　無愛想！　という黄金の三要素にさらに拍車をかけていた。

だからどちらかというと騙《だま》されやすそうに見えるのか、よくキャッチセールスや悪徳商法、妙な宗教に声をかけられることが多かった。

「でも今日は違った！　まさか!!　ナ、ナンパ!!」

衝撃が私を襲う。

「私いまナンパされとる!!」

感極まり。

「あはは、カワイイなぁ」

「か、かわいい!?」

次々とナンパ技を繰り出すチャラ男の発言に、私は少し浮かれた。

「ねぇ、名前なんていうの？」

「あ、朝倉シノと、申します……」

「可愛い名前だね！　俺、シノちゃんとお話がしたいなぁ」

積極的な言葉に、慣れていない心臓が飛び跳ねる。

「嬉しいんですけど、でも私、その、か、彼氏!!　いるので……！」

「え～マジで？　その彼氏って、どんなかんじの？」

「えっえっ、ど、どんな……？」

どんなだっけ？　とひどいことを考えながら、首をひねり眉間《みけん》に皺《しわ》を寄せ、呟《つぶや》くように答えていく。

「私の彼氏は……優しくて……エート……私に忠実で……まるでペットのような……」

「あぁ！　なんでも言うことをきく物静かな真面目くんタイプか～」

……物静かで真面目？　むしろその真逆であることを伝える前に、チャラ男は続けた。

「ひょっとして今、その真面目な彼氏待ち!?」

「あ、ハ、ハイ。待ち合わせ中です……」

「そっか、じゃ……」

諦《あきら》めてくれた様子にホッと胸をなで下ろす。

（はあびっくりしたあ、でもでも人生初のナンパにドキドキしたー良い経験したあ～）

満足な表情を浮かべて去ろうとしたところで、私の肩に、ポン、と手が置かれた。

「じゃ、よかったら２人を見てあげようか？」

「………………」

……え？　見る？　見る？　見るってナニヲ？

怪訝《けげん》な表情を浮かべる私に対し、チャラ男は続ける。

「俺って人のオーラ見えるんだよね。君が暗いモノを背負ってる……なにかとり憑《つ》いている
こともわかる。最近辛《つら》いことなかった？」

「は、はあ……まぁ毎日が（大学いくの面倒だし）辛いような……」

「やっぱりね！　そんな君にいいお守りあるよ！　１５０万だけどローンで買えば安いし、
月々１万円で済むし♪」

「１５０万⁉　ローン⁉⁉」

どう考えても不穏な雲行きに、私は確信しつつもおそるおそる尋ねた。

「あの……これナンパじゃ……」

「とんでもない‼　俺は不幸な人を幸せにしたいだけだよ！」

やっぱりだ――――☆★

「結局いつもと変わらない……‼　霊感商法じゃんか」

「どう？　このお守り買えばもっと幸せになれるよ」

「…………いえ、イイです」

「イイの⁉　やったね！　んじゃ色々種類があって〜」

「あぁぁあ⁉　そ、そのイイです、じゃなくて……！」

自分の言葉の不明確さに慌てふためきながらも、はっきり告げる。

「だ、だから欲しくないんです！」

「はあ⁉‼？」

先程までにこやかだったチャラ男の表情が一変する。

「そんなこと言ってたら、いつまでも人生不幸のままだよ！」

「いや、そこまで不幸ってわけじゃ……！」

「すごい暗いさえない顔してるよ！　それって不幸じゃない？」

それ地顔ですから一‼

「いえ、あの、ホント、こうゆうのはちょっと……！」

「……はあ⁉　ＯＫしといて断るとか、社会舐《な》めてんの？」

ＯＫしてない‼

「わかってる？　君がその姿なのは、呪《のろ》われてるせいだよ」

呪い‼

「呪われてると彼氏はできないよ！　妄想彼氏はやめとけよ」

妄想!!

「よくいるんだよね。俺たちを霊感商法と勘違いして、架空彼氏作って逃げる女の子……」

矢継ぎ早に放たれるチャラ男の言葉に、心はもはや瀕死だ。

「そんな可哀相な君には、サービス特価で１２０万にしてあげるから♪」

ついには腕をつかまれ、強引に引っ張られてしまう。

「なにしとん」

聞き慣れた声が後ろからした。振り返るとそこにはツンツンした黒髪に、特徴的な三白眼の鋭い目つき。背丈が高く全体的に派手な雰囲気の男が不機嫌そうに立っていた。

「ケイジ……」

私が呼んだ彼の名前に、チャラ男が反応する。

「………え?……もしかして、こ、これ……彼氏!?」

「ケイジ――!!　ウワー！　いいところに来てくれた！」

「テメェコラ！」

ケイジは早速、彼氏らしい行動を取ってくれる。

「そうだ！　言ったれ、ケイジ！」

「人をペット呼ばわりすんじゃねぇ‼」

「……ってエ——⁉　私⁉」

なぜ？　とばかりに顔をキョロキョロ動かし……、

「……ヤダ！　いつから聞いてたの？　気持ち悪い……」

「なんかゴタゴタやってんなぁ、って遠くから見……。本当に気持ち悪そうな顔すんな⁉　傷つくだろーが‼」

「見てるなら助けようよ！　普通、彼女のピンチを助けるのが彼氏の役目じゃない⁉　『俺の女に手を出すなー』とか」

「……いや、シノなら襲われても返り討ちにしそうだなぁ、と」

「するわけないでしょ！　私はかよわい女の子なんだから‼」

「……かよわい？」

半眼で見てくるケイジに憤慨しかけたところで、

「そもそもだな」

と一拍おいて、ケイジが続けた。

「かよわいなら他の男とニコニコしゃべってないで、大人しく……つか、ニコニコしゃべってんじゃねぇよ‼」

「………エエ――!?　キレた!……アレ、おかしいよ!　私がなんで怒られるの!!　これは絶対おかしい!」

私は、「断固抗議する!」と地団駄した。

「だって、待ち合わせに遅れてくるケイジが悪いんじゃん!」

「お前だっていつも遅れてくるじゃねーか!　『シノはどうせ遅刻すんだろうな』って予想した今日に限って、時間守って来てんじゃねぇ!」

「なにそれ。理不尽すぎる……!　私だってたまには時間守って来るんだからね!」

「いつも守れ――!!」

「あの……」

いつの間にか存在を忘れられていたチャラ男が、申し訳程度に声を発した。

「アッ忘れてた!　っていうか、すみません、離してくださ……」

つかまれたままの手を、振り払おうとした時――。

「まぁ、彼氏の義務は果たしておくか」

ケイジはチャラ男に振り返ると、拳《こぶし》をぽきぽき鳴らした。

「人の女にさわるってどんな了見だコラ」

目の前にいる、凶悪そうな表情を浮かべた男こそが佐山《さやま》ケイジ。

私の地味な容貌《ようぼう》にとても映える、派手な彼氏だった。

ところで、私は世の中の人々を1軍、2軍、3軍と3つのタイプに分けていた（勝手に）。

そんなわけで私の素晴らしい分析を紹介しよう！


1軍は人気者・ムードメーカー・超社交的の3拍子がそろっている。

街を歩けば、男女関係なくすぐに知り合いと出会う。友達の数も、慕われ度も半端ない。

色々な人と仲良し！　明るくて面白くてちょっと不良入ってるけど、私の彼氏〝佐山ケイジ〟が、典型的な「1軍」代表。

2軍は可もなく不可もなくフッツーの人
道を歩くじゃがいものような人たち。あ、なんかもう普通すぎて説明のしようがない。
次！

3軍は教室の隅にいるような、おとなしい人
つまり、私!!

「あれ？　シノ、どこいった」

「…………ここ」

ケイジが街で偶然会った友人と喋《しゃべ》っている最中、私は柱の陰に隠れていた。

「ケイジの友達がいるから隠れてた。エヘエヘ」

「隠れんでいいわ。探すのめんどくせーから！　隣立ってろ！」

「やだよ！　ケイジの友達こわいもん!!」

「いや、こわいて……ごくごく普通の人たちじゃねーか」

ちなみに去っていったケイジのご友人は、後ろ姿から見てもわかるほどド派手な服と、ド派手な頭をなさっている。

「あ――わかってない。マジ1軍これだから困る！　1回くらい、3軍の目線に立ったほうがいい」

3軍は総じて派手なギャルとかが苦手なのだ。

「私なんて、いっつも『うわ、この地味女、きめえ～』って1軍とかに見下されてるんだからね」

「いやいや、自分を卑下しすぎだろ。シノが自分を好きにならなきゃ、他人も好きになってくんねーぞ。うお、イイコト言うな俺。うむ」

「なに1人でくさいこと言ってるの？」

「チクショウ⁉　くさいとか言うんじゃねぇ‼」

無愛想、根暗、社交性ゼロ。容姿を形容する言葉だって『地味』以外は思いつかない。完全なる3軍女、それが〝朝倉シノ〟、私なのです。


「……なぁ、ふと思ったこと聞いてもいい？」

「なぁに？」

街をぶらぶらと散歩のデート途中、ケイジが眉をひそめながら尋ねてきた。

「シノって俺がいないとなにしてんだ？　ほら、俺らの予定が合わなくて遊べない日とか」

「寝てる」

即答だった。

「遊ぶ人いないから寝てる」

「え、いや……。いるだろ、高校の友達とか」

「疎遠」

「地元の友達とか」

「　疎　遠　」

「幼馴染とか！」

「　疎　遠　」

全部即答だった。ケイジはたいそう引いていた。

「いいの。私って1人遊び得意な子だから！　アッ、これ長所かな☆」

「友達減りすぎだろ……」

ものすごく哀れな目で見てくるケイジに、慌てて反論する。

「友達が減ったわけじゃないよ！　会わないだけ！　会うだけが友達じゃないじゃん！　そう……遠く離れてもいつでも友達っていうのが、真の友達なんじゃないかな……アッ、私いまイイコト言った！　ケイジのさっきの恥ずかしい一言よりイイコト言った」

うんうんと満足気にうなずいていると、ケイジが無言で私に手を差し出した。

「なにその手。私とお手てを繋《つな》ぎたいの⁇」

「――――携帯見せてみろ」

「エッ、なんで？　浮気調査？」

「いいから、見せろ！」

ケイジが私の携帯を取り上げて、勝手に中身を見た。

【私のアドレス帳　登録件数】
01佐山ケイジ
02お父さん
03お母さん
04弟
4件しかなかった。

彼は露骨に引いた顔をした。

「ち、違うよ。この前携帯壊れて、アドレス帳全てリセットになっちゃったの！　それで、必然的に連絡取り合う人だけ残って……」

彼氏と家族のみに……。

と、この惨事には正当な理由があることをしどろもどろに答えていると、ケイジが手を出し制してきた。

「たしかに、さっきのシノの言ったイイコトにはおおむね同意だ。連絡取り合わなくても友情が続くのは、とても素晴らしいと思う」

「でしょう？」

鼻高々な私。

「でも、現代、連絡が容易になったこの時代に、誰1人からもシノの携帯に連絡がないのはなにを意味するのか？　ちょっと考えてみるのもいいと思うんだ」

とても哀れんだ瞳《ひとみ》で私を見てくるケイジ。

「……ケ、ケイジだって連絡取り合わない友達だっているでしょ」

「いるね」

「私の場合、たまたまそれが全員なだけで……」

ケイジの哀れみはますます増長されたようだ。

「シノ」

「やだ」

「現実を見ろ」

「やだ!!」

「人脈を作れ！　社交的になれ！　お前のその性格、すげぇ心配になってきたわ！」

「ヤダーッ！　人と遊びたくない、誰ともしゃべりたくない！」

イヤイヤ、と大きく頭《かぶり》をふった。

「なんでそんなこと言うの⁉　私はケイジがいればそれだけで幸せなのに……！　ケイジがいれば、他になにもいらないのに……！　私の世界にいる唯一の人間はケイジだけでいいよ‼」

とても重い。

「おまえ、俺がいなくなったらどうするつもりだ⁉　つーか、シノは俺がいなくて生きていけんのか？　いや色気的な意味ゼロで」

「ケイジがいなくても生きてけるよ。ただもう、誰とも喋らなくなるかな☆★キャハハ」

「…………………」

ケイジのこめかみがピクッと動く。にぎやかな声がする大衆飲み屋の前で、彼は突然立ち止まった。

「たまには、こうゆうところで飯食おうぜ」

店では、大人数の大学生集団がたいそう盛り上がっていた。

「ギャッスなんか1軍っぽい集団がいるよ⁉　こわいっこのお店やだー」

「あれ、俺のサークルの連中だ。あの騒がしい席行くぞー」

「………エッ？」

ケイジがのしのしと大学生の集団に近づいて行く。

「ちょ……ちょちょちょ待って‼」

「なんだよ」

「聞いてない‼」

「ハハハ、言ってないからなー」

「騙された‼」

「人聞き悪いこと言うんじゃねー！　2人きりで食べるとは言ってねーぞ！」

「私、帰る！」

「待てコラ」

背を向けて出口へ向かうと、今度は襟首をつかまれた。

「やだやだ、ケイジのお友達と食事なんてしたくないっ！」

「ちっとは社交性を身につけなさいという、俺の親心からのプレゼントだ。ありがたく受け取るがいい」

「そんなプレゼントいらないよ！　そもそも私は人と喋りたくない！　できることならこの先もなるべく人と喋らないで生きてきたいのに！」

「うるせー！　四の五の言わず行くぞ！」

ケイジに二の腕をつかまれ、ずるずると引きずられながら大学生の集団の元へ連れて行かれる。

派手なギャルとか、ハイブランドに身を包んだお嬢様とか、ガチムチ坊主が集まる恐ろしい席だ。

「ちーす」

ケイジが挨拶すると、集団は一斉に振り向いた。

「ケイジきたァ〜‼　おっそぉーい！」

「もう先にみんなでやっちゃってんぞ」

集団の中の1人が、ケイジの後ろに立ってる私を見つけ、騒ぎ始めた。

「うわ、ケイジのカノジョ⁉　初めて見た、真面目系じゃん！」

「ずっと紹介してくんないから、実はいないと思ってたァ〜」

「皆でケイジの妄想じゃない？　って話をしてたんだよねーっ」

次々と湧き上がる会話の勢いに私は押されまくった。

「あ――おまえらが常に俺をどんな目で見てるかよくわかった。妄想じゃなくて本物の彼女、シノさんです」

ケイジに挨拶を促され、慌てて頭を下げた。

「こ、こんにちは……」

一斉に、集団の視線がケイジから私へ移る。

「カノジョ緊張してんの⁉　あははははウケル～～‼」

「い、いえ…………」

「ケイジってよく彼女の話してるんだよ～」

「あ、そ、そうなんですか……」

「嬉《うれ》しくない⁉」

「そ、そうですね…………」

しーん。私の相槌《あいづち》のあまりの下手さに場が急速に盛り下がっていった。

「……ふ、2人の出会いとか教えてくれるぅっ？」

ギャルが場をもたせようと話しかけてくれる。

「お、同じ高校なんです……」

「え——っ、同じ高校とかイイじゃん！　運命じゃない⁉」

「い、いえ、そんな………」

「じゃあさ、シノちゃんはケイジのどこが好きなのォ？」

「……え？………ケ、ケイジの好きなところ⁉」

「うんうん♪　そう♪」

全員が私に注目している。

(ど、どうしよう……！　これ真面目に答えるべきなのかな！　でも自分の彼氏ほめるとか恥ずかしいし……！)

「………す、好きなところは……エット……」

ぐるぐると思考を巡らし、考えに考えた結果、私が出した答とは――……。

「………特に……ど、どこもない………です……」

場が静まり返った。ケイジがひきつった。

(だ、だって思い浮かばなかったんだもん……)

プルプル……ブルブルブルブルブルブルと、全身が振動する。

(ウワアーア――！　もうやだ帰りたい!!　だから私はあれほど喋りたくないと言ったのに!!)

こうして空気を壊しまくった飲み会は終わった。

「……うん、シノがここまでひどかったことに気付かなかった」

店を出るなり、ケイジが額を押さえながらうめいた。

「ひどいとはなに!?　言っとくけど私は美容院に行って美容師さんに話しかけられるのも苦痛だし、洋服見ていてショップの店員さんに声かけられるのも地獄だし、タクシーの運転手

砂肝

さんと雑談するのも発狂するくらい、人と喋ることできないんだからね！　わかった？　フフンッ」

「知らないなら教えとくけど、それ全然、誇らしげに言うことじゃねーからな」

ケイジは呆《あき》れた顔だ。

「まぁ、今回は大失敗だった、が！　諦め悪いのが俺の長所だ。好きこそ物の上手なれってな。好きなことを通じてなら、友達だって簡単にできると思う。随分と拡大解釈してるが」

「はあ……」

私の返事は適当だ。

「てことで、シノの趣味ってなんだ？　うわ、俺はシノと付き合ってて趣味ひとつ知らねーのか。これ地味に傷つくな。で、趣味は？」

「私の趣味をケイジが知るはずないじゃん。趣味なんてないんだから」

ケラケラ笑いながら答えた。

「じゃあ好きなこととか」

「ないない」

「人生において目標にしてることとか！」

「ないない」

ケイジがガックリと肩を落とす。

「……あー、目標ひとつもねーのか、困ったな。現代に生きる若者の象徴だな、まさに」

「だからもう諦めればいいじゃーん。私は友達なんて作る気ないし、ケイジがいるだけでいいし、そもそも私は人見知りだから、社交性育てるとか無理だもん」

ね？　って、私はケイジを見てニッコリ笑った。

「……ああ、そうだな。わかった」

「わかってくれて、ありがとう！　信じてた！　ケイジなら私のこの終わった性格含め、全て愛してくれてると思っ……」

「こうなったら俺が直々に、シノのその腐った根性を叩《たた》き直す！」

予想しない言葉に、笑顔が真顔になる。

「ちょ……ケイジ熱い！　あつっ、ちょ、熱血すぎて無理」

「うるせー！　人見知りは甘えだ！　言い訳にすんな！」

「エェ、だ、だって、人見知りなんて直しようがない……！」

直せるものだったら、私だって直してるし。

「根性だ、根性で直せ！」

「え、やだ、ほんと、この人熱い」

「来い！」

「ギャァ!?」

渋谷のスクランブル交差点
人がとても多いこの場所に、私は拉致《らち》された。

「こ、ここでなにするの？？」

「よく路上でアンケートとってるおばちゃんいるだろ」

「ア――、いるねぇ……」

ケイジが、紙とペンを私に押し付けてきた。

「真似してこい」

…………。

「エ？　は？」

「アンケートとってこい。内容は自分でかんがえれ。俺は遠くで見ててやるから」

「え、ちょ」

「人に声かけることで、まずは人見知りを直せ！　行って来い！」

ドーンと人ごみに向かって背中を押された。

「わ、わぁ〜い☆　そっかー。アンケート取るなら人見知りしてる場合じゃないもんね。声かけなきゃいけないもんね、ナイス提案だよね！」

私は喋り続けながら、紙とペンをゴミ箱に入れた。

「あっ!!　てめぇシノ!!」

「無理に決まってるだろ！　ば——か!!」

逃げた。


しかし秒速で捕まった。

「そんな、ばかな……！　ケイジに追いつかれるなんて……昔は私のほうが運動できたのに……！」

「俺はいつでも〝打倒シノ〟で訓練してたしな」

「え？　なんの訓練してるの？」

「シノの写真をサンドバッグに貼り付けて、写真めがけて拳打ち付けるっつーやつだな」

「それ彼女にする行為じゃないよね？」

「おう、シノの写真があると気合の入り方が違う」

「頭おかしいよね？」

「だいたいだな。俺としか遊ばず、家にひきこもったら、そりゃ身体《からだ》も鈍るだろ」

「……だって」

だってだって——、私は言い訳がましく、もじもじした。

「まぁ、さっきのはシノにはちと難易度高すぎたか……。反省する」

「私じゃなくても難易度高いよ！」

「となると、残すは——」


たどりついた先は自宅だった。

「結局ひきこもるの⁇」

「ちげー。まずは今までできた友達と、もっかい連絡とって友情の復旧工事から始める。ゼロからのスタートは、シノには無理だと踏んだ」

「ウンウン、そうでしょうとも」

他人事《ひとごと》のようにうなずく。

「携帯以外に友達のアドレスとか残してないの？　手帳とか」

「アルバムの寄せ書きに書いてある、そういえば」

本棚から、高校の卒業アルバムを取り出した。寄せ書きをくれたうちの何人かは、メールアドレスと電話番号を書いてくれていた。

「寄せ書きに携帯アドレスなんて書くもんか？」

「ウン、この寄せ書きには、とても素敵な思い出があるんだよ」

私は静かな口調で、美しい思い出を語り始めた。

.*+ 回想 .*+

『シノちゃんと私ってアドレスの交換したことなくない？』

『そ、そういえば、のり子ちゃんのアドレス知らない……！』

『じゃあ私のアドレスを寄せ書きに書いておくね』

『うんっ、ありがとう。絶対連絡するね！』

突然号泣するのり子ちゃん。

『シノちゃん……卒業してもずっと友達でいようねっ……グスン』

『もちろんだよ、のり子ちゃん……！　グスン！』

.*+ Fin .*+

「おー、そりゃ麗しい友情の限りだ、よかったなぁ」

「でしょでしょ、まずは仲良かった、のり子ちゃんに電話しよーっと」

ピッピピッ、と携帯番号を入力する。

「もしもし、のり子ちゃん⁉　ひさしぶりー！　私シ……」

『おかけになった電話番号は、現在使われておりません……』

「…………」

「…………」

「ま、まぁほら、なんていうかさ。年月も随分経《た》ってるし、アドレスさすがに変わってるよなー、うん……。そう落ち込むなって！　なっ。ほら、のり子さん以外にも連絡取ろうぜ」

ケイジのフォローがぐさぐさと胸に突き刺さった。

しかしその後、寄せ書きの番号に何件か電話したものの、アルバムの友達（？）は全滅していたのだった。

「ウワ――ン‼　やっぱ私の世界にはケイジしかいない‼」

「いや、それも、なぁ」

「いいじゃん、ケイジだけの世界で！　なにがいけないと言うの！　なんなの⁉　迷惑なの⁉　重いと言うの‼」

「いや、迷惑とか重いとかの話じゃなく⁉　だからシノのた…………あぁ、そうか。わかった、俺がシノを甘やかしてるのも原因のひとつだな。うん」

ケイジは、じっと私を見つめると冷徹極まりない声で言った。

「迷惑だ」

「ェ――――⁉」

「迷惑だ‼」

「エエエエエ――――⁉　め、迷惑だなんてひどい‼」

「ひどくて結構！」

「そ、そんなに私の性格嫌いなの⁉　そんなに社交的じゃない彼女が嫌なの⁉」

「ああ、嫌だね！」

「‼」

ぶるぶるぶるぶるぶると全身振動する。

「じゃ、じゃあ社交性身につけるために、合コンとか行っちゃうから！　いいの⁉」

「どうぞ」

「ホ、ホストクラブとか行っちゃうから！」

「おー行け行け」

…………。

「ケイジのばかぁ――――――――ー‼」

「ブフッ――‼」

渾身の一撃でケイジを殴って、家を飛び出した。

「後悔させてやる‼」

駅に到着するなり、私は仁王立ちになった。

「ナンパされてやる！　会話修行という名の下に、男にホイホイついていってやる！」

早速ナンパ待ちのためにウロウロしてみたものの、声をかけられる気配は一向になかった。

「ハッハァ～ン？　やっぱ誘惑するような格好じゃないと、男は寄ってこないんだなぁ？」

男ってやつはこのドスケベどもが、と世の中の男性に失礼なことをのたまいながら、私は洋服屋でお尻《しり》ギリギリのショートパンツに、胸が見えるベアトップを購入した。

「どうだ！　肌いっぱい露出したもんね！　ちょっと寒いけど」

ナンパ仕様に着替えた私は、再び街をウロウロ歩き始めた。

「ナンパよ、来い～」

うろうろうろうろうろ……。

「ナンパよ、きたまえ〜〜」

うろうろうろうろ。

「へ、ヘックシュ―――ン!!」

寒すぎて鳥肌まで立ってきた。

「……ウゥ、ずるずる。鼻水まで出てきた。もうやだ、ナンパされないし、帰る」

家に帰って、ケイジにこう言おう。

『見て見て、こんな格好したら男がどんどん寄ってきて、入れ食い状態！　ナンパされまくって社交術あげまくったわ、オーホホッ』

そんでケイジがヤキモチ妬《や》いて、私完全勝利っていう……。

ガッシッシャ―――アアアン!!

突然窓ガラスが割れるような音が背後から聞こえ、思わず振り返った。そこには、看板に頭を押し付けられているギャルと、そのギャルの頭をわしづかみにしている、ガタイのいいサングラスの男がいた。

私含め、街行く人々がポカーンと見ている。

ギャルは頭を押さえながら「なにすんのよ!!」と叫んでいた。サングラスは「うるせーんだよ!!」とギャルの頭をまたもや看板に打ち付けた。

(ギャ――!! 暴力!!)

目の前の非現実的な光景を思わず凝視したら、サングラスがこっちを見た。

「てめぇ見てるんじゃねぇ、ブッ殺されてぇのか⁉ あ⁉」

アワワワワ! コエ――!!

私は慌てて視線を外した。周囲の人たちも、止まってた足を動かし歩き始めた。誰もが皆、見てみぬふりを決めこんだ。

(……アレ! これ誰1人、警察とかに通報しないつもりなのかな⁉)

集団になると『私がやらなくても、誰かがやるだろー!』という思考になり、結局誰も対処しないという話を聞いたことがある。

(よ、よし、私が電話しよう。うん……! あのままじゃ女の人あぶないもんね! うん!

……でもやっぱり……誰か電話しないかなぁぁぁあ⁉)

こういう事態に遭遇すると、マジで他力本願になってしまう!

(くそおぉお。心理戦に私は負けぬ! 率先して電話してやるー!)

私の指が今、110を押す――!! 前に、ケイジから電話がかかってきた。(神のタイミング)

『おい、今どこにいんだよ』

「えっ駅前だけど……!!　それどころじゃなくて」

『駅前!?　近所探しちまったじゃねーか。まぁ近いからいいが』

「りゅ、流血沙汰《ざた》!!」

『はい？』

「だだだ男女が戦った結果、看板殴打で群衆うごかない!!」

『いや落ち着け。なに言ってるんだ。駅のどこにいるんだよ』

「ミスタードーナッツ！」

『了解。今、歩道橋だから、すぐ向か……』

ケイジが喋り終わる前に、さっきの男がこっちを見て叫んだ。

「てめえ、なに警察に電話してんだ!!」

「ギャ——!!　私——!?」

ガシャーン！　と地面に打ち付けられ、転がる携帯電話から無情にも電池パックが飛び散った。

「いいいいえ、あのあのあの、かかか彼氏に電話してたんです！」

「嘘つくんじゃねぇ！　通報するつもりだっただろ！　ブっ殺すぞ！　ぁぁぁ!?」

サングラスが私につかみかかろうと向かってきた。

「ヒィイイ――――!!　本当なのに！　だ、誰か……！」

バッバッ！　助けを求めて周囲を見回すと、皆が目を背けていた。

(人間って非道――!!)

しかし！

「やめなさい、アンタ！　警察を呼ぶぞ!!」

なんと、通りかかった勇気あるおじいちゃんが助けてくれたのだ。

「あぁ……？　なんだてめぇジジィ!!」

男がおじいちゃんに集中すると、この隙とばかりに、ギャルはそれはものすごい速さで逃げて行った。

「ジジイ、いいか!!　他人が口出すな！　これは俺とこいつの――」

サングラスが振り返ると、既に逃げてしまったギャルはもちろんいない。彼は瞬時に私をにらみつけた。

「……てめえ、俺の女をどこやった!!」

「エ――ッ！　私――!!　超しらねー！」

逃げて行ったのは目撃しましたけれども！

「やめんか!!」

おじいちゃんがまた助けてくれた。おじいちゃん……！

「ジジィ、てめぇかァァ⁉」

「アワワワ、おじいちゃ……」

「―――シノ‼」

突然、腕を後ろにひっぱられ背中にどんと何かがぶつかる。

「ギャ―――！　なになに⁉　痴漢⁉　アレッ！　ケイジ⁉」

「無事でよかった……！」

「え？　え？」

ケイジが息を切らしながら、私を抱きしめる。

「電話の途中で怒鳴り声が聞こえたと思ったら、その直後シノとの連絡が途絶えるとかな。心臓止まるかと思ったわ……！」

「え……？　ああ、わかる！　だよね、いきなりでかい声で叫ばれるとびっくりするよね」

（？）

「いや、そうゆう意味でなくな！　まぁ無事だったからよかった」

「ウ、ウン……？　ヴッ！」

ギュウウウとケイジが拘束レベルで私を抱きしめてくる。

「ウゥ、苦しい、死ぬ‼」

ギブギブ、とギブアップのサインを送る。

「うお、わり――」

腕の力は緩んでもなお、ケイジは私を抱きしめ続けた。

「……あああの、ケ、ケイジ。その心配してくれたのは嬉しいんだけど……‼」

「ん？」

「え、駅前。人前‼」

「あ？……あ」

慌てて、お互い離れる。

「いやアレだなぁ、ハハハ‼　走ってきたから暑いなぁ」

「ウウウウンン！　あついよね！　はい、ハンカチ、これで汗ふいて！」

「お、おう‼」

私たちはお互いの距離を1メートル以上あけ、目をそらしながら赤くなり、怒鳴り声をBGMにしてもじもじしていた。

……怒鳴り声？

「……おいおいおいおい、なんの騒ぎだこりゃ？」

そうなのだ、おじいちゃんとサングラスがいまだ怒鳴り合っていたのだった。

「ギャー！　忘れてた！　おじいちゃんを助けて、ケイジ‼」

「おー了解。まあ事情はあとで聞こう」

ケイジは躊躇《ちゅうちょ》なく、おじいちゃんとサングラスに割り込んだ。

「誰だ、てめぇ！」

「まぁまぁ落ち着いてください」

「死にてぇのか⁉」

「まぁまぁ落ち着けって」

「ブッ殺すぞ、テメェからあぁ⁉」

「だから……」

…………。

「落ち着けって言ってんだろーがー‼」

ケイジがサングラスの両腕をつかみあげ、ギリギリ握るとサングラスの動きが固まった。

ヨッシャー、ケイジ行け行けー！　私は遠くから応援した。

「おじいちゃんが私を助けてくれたんだよ！　じゃなかったら私、殴られてたもん！　まぁもう殴られてたけど」

『その男の彼女が』と続く大事な言葉が抜けていた。

「…………………殴られた？」

「うん、看板に何度もぶちこまれた（彼女が）」

ケイジの眉間に皺が寄った。

「ほらあの看板！　見てみて、すごいヘコんでるでしょ！　あそこに頭ぐりぐりーって。ひどいよね！　まったく！」

「……そうか、痛くなかったか？　大丈夫か？」

「ウン、大丈夫だと思う。元気に動いてたし（彼女）」

「んじゃ、遠慮はいらないな」

間髪いれず、ケイジがサングラスの腕を捻《ひね》り上げる。

――――イデェエエエエエェ‼

サングラスの叫び声が、空にこだました。


「納得いかねー！　なんでじいさんが英雄扱いで、俺が警察に説教くらったんだ」

警察の事情聴取を終えると、既に辺りは真っ暗だった。

「半殺しにしたからだよ」

「半殺しにしてねーし、腕ひねっただけだ。第一、シノの言葉足らずが原因じゃねーか！　ぜってー、わかっててやってんだろお前⁉」

「そ、そんなこと、そんな……ことな、ない……ある？……ないよ」

「バレバレなんだよ‼　まぁ、気づかない俺も俺だが」

「そうだよね、ウンウン」

完（？）。

「いや、おまえもちったぁ反省しろ……。できもしないくせに面倒ごとに首つっこむんじゃねぇ！」

「私は悪くない！　だって人々が反応しないせいでっ！　私だってできれば、見ぬふりしたかった！」

そこは人としての、こう、なにかがまだ残ってたっていう……。

「だいたいねぇ、ケイジが社交性を身につけろっていうから、駅前に飛び出して武者修行（ナンパ）しようとした結果、こんなことになったんだよ！　わかってる⁉」

ウッとケイジが退く。

「というわけで、私は悪くないもん。全てにおいて！　むしろイイコトしたたし！」

フンッ！

「いや、まぁそうだけど！」

「これに懲りたら、私の社交性はもう気にしないこと。わかった？」

むちゃくちゃな理由で、ケイジのスパルタ訓練を流そうとした。

ていうか流れろ！　もうやりたくない！

ケイジはしばらく私を見つめたあと、

「……あぁ――、そうだな、そうするか」

と、流してくれた。

「……アレ？　意外にすんなり諦めてくれたね……！」

「まーな」

ケイジが深くため息をついた。

「元はと言えば、俺がシノのその性格で心配なのは、友達うんぬん以前に、キャッチにすら〝ノー〟と言えないとこだったんだけど」

「エ？」

「これ言うと、かっこ悪いとは思うんだが……」

ひどく深刻そうな顔で、ケイジは続ける。

「シノが男から声かけられて、断れずにずるずる引っ張られ、酒でも飲まされて襲われてしまうんじゃないかとかな、わりと考えている。うわ、言うだけでも鬱《うつ》になるな、コレ」

「エ、エエエ……」

考えすぎていて、引いた。(?)

「まー、でも社交性関係なく、こうゆう事件に巻き込まれるんだもんな、シノさんは。どうしろっつーんだ、コレ」

「どうもしなくてもいいよ！　今回も超たまたまだし。アッでも駅前でウロウロしてたら、舌打ちされまくったし、肩にぶつかるたびに睨《にら》まれたよ。あぁ外界ってこわい！　ぶるぶる」

「…………おまえはどんな星の下に生まれてきたんだ……」

ケイジが心底ゲッソリしていた。

「で、でもさ――！　結局さ、その！」

視線をうろうろさせた後、上目遣いでたずねてみる。

「い、いつもケイジがそばにいればいいじゃん……的な……！」

「…………」

「い、いつも一緒だったら別に問題ないじゃん……そうだよ！　守ってね、守りなさい、白馬の王子のごとく!!」

「いや、そりゃ俺がいるときは言われないでもそうしたいけど、いないときはどーすんだ」

「そこは大丈夫！」

自信満々にハキハキと答えた。

「私、友達いないから、常に家でひきこもってるし！」

ウインク、バチコーン☆

「…………ってアレ、なにその眉間の皺は？」

「いやなんでもないです！　ま──、でもそれがシノらしいか」

「ウン！」

うなずくと、頭をぐしゃぐしゃされた。それからふと気付いたように、ケイジが顔をあげる。

「……あ、そういや、ちょっと気になったんですが」

「エッ、なになに」

「俺の好きなところが、どこもないってどうゆうことだ」

「エッ……？」

居酒屋でケイジの1軍仲間たちと会話したことを思い出す。

「あ、あ──、アレね！　気にしてたの!?　ブフゥー！」

「うるせぇ！　答えろ‼」

「あああれはさぁ……。その、ぜ、全部好きだから、特定できないなぁっていう……なんか思い浮かばなかった‼」

「あ…………そうか、全部か、うん。……バカか！　真剣に悩んだだろ！　そうゆうことは先に言え！」

「エェ、ご、ごご、ごめん」

真剣に悩んじゃったんだ……。

「あの、好きじゃないところなんて、ないよ………多分」

可哀想に思ったので、もう一度弁解しといた。

「そうか、ありがとうな。多分ってのが余計だが。まぁ俺は、シノに関する不満、あるけどな！」

「エ、エェ――⁇　私への不満⁉　私ほど完璧《かんぺき》な彼女はいないのに、なにに不満を持つの！

社交性の件については諦めてくれたんじゃ……」

ケイジが無言でジャケットを脱ぎ、私にかけてきた。

「そうゆう格好は俺の前だけにしろ。なんか嫌だ」

「…………」

……。

「………ご、ごめん」

冷えた身体が、芯《しん》からぽかぽかしたような気がした。

「さ、さっきから寒くて鼻水でてたから、丁度よかった！　これでハナかんでいい？」

照れ隠し。

「……ティッシュ渡すんでやめてください。本当に」

「鼻セレブじゃないなら、ヤダ」

「そうか。――――やっぱ脱げ‼」

「ギャア⁉　やだ痴漢‼　エ、ちょ、本気で脱がそうとしてるし！　やだやだ、このひと痴漢！　誰か！　誰か助けてください‼　誰か‼」

「おまえは、こうゆう時だけ人に声かけれんだな⁉」

「そうだよ？」

「認めるな――――‼」

ジャケットを取られまいと全力で逃げると、ケイジも追いかけてきたので、鬼ごっこして2人で家に帰った。

2章　静江さん、登場！

私には高校2年生の弟（17）がいる。

姉の私が言うのもアレだけど、可愛いくて、従順で、とても姉思いの弟だ。

ケイジも弟をとても可愛がっていて、

「今から俺ら出かけるけど、弟もくる？」

と、よく遊びに誘っていた。

「行きたいです。お姉ちゃんとケイジくんと遊ぶのが一番楽しいです」

弟はまるで天使のような笑顔を浮かべてそう言うのだ。

なんて可愛いのでしょう。

3人で過ごす楽しいひと時は、永遠に続くものと思われた。

——そう、あの女が、来るまでは！


「僕って、生きているうちに彼女できるのかなぁ……」

ある休日の昼下がり。弟の悩みから、すべて始まった。

「いきなり生涯☆童貞☆宣言されても……」

「あー、童貞なのか」

ソファで雑誌を読んでいた私とケイジが、顔をあげた。

「ぎゃああ、ふたりして童貞とか言わないでっ」

弟が、床でゴロゴロのたうちまわる。

「いや、まだ高2だろ？　別にそこまで気にすることねーって」

呆れ顔でケイジが告げる。

「……でも高校生にもなって、彼女いないなんて……」

「なにゆってるの、そもそも高校生でお付き合いなんて早すぎ！」

しょぼくれる弟に私は説教した。

「……え？　だってお姉ちゃんとケイジくんは高校で付き合っ……」

「お姉ちゃんはいいの！」

姉ジャイアニズム！

「とにかく大学生になってから、お付き合いしなさい。わかった⁉」

「は、はいぃぃ……」

弟はしょんぼりしたままうなずき、背後でケイジのため息が聞こえた。

それから数日後、ケイジから衝撃の発表があった。

「紹介しといたから。弟に、女を」

青天の霹靂《へきれき》とは、このことだ。

「ギャ――！　なんてことするの⁉　まだあの子には早いって言ったでしょ‼」

「うるせー！　ブラコンか⁉　過保護やめろ！　弟が裏で俺に相談してきたんだよ‼」

「⁉　なんでケイジに⁉　姉の私には相談がなかったのに！」

「反対されるからだろ。今は無事に付き合ってるようです」

「もう⁉　うう、いつからケイジと2人っきりでヒソヒソするように……」

「ま――、男同士しかできない話ってのも、あるんだよ」

ぽんぽんと肩をたたかれた。

「………男同士しかできない話………？」

グスン、とケイジを見上げる。

「そう。女のシノには話せない、男特有の話な」

「……たとえば、好きなAV女優の話とか？」

「そうそう、たとえばAVの話と……。……あー、朝倉さん？」

「この前、聞いたことない女優の話を弟としてたよね……」

「いや……えーと？」

「男って彼女がいても、AVを観て性欲を発散してるんだね……」

「いや、ほら、な、俺も健全な男子なわけで」

フーン……。と白い目。

「なんていうか、こう、男の性《さが》っていうかですね」

へぇ……。

「すみませんでした!!」

「エッ、別にいいよ、ＡＶくらい。男子ならＡＶ観ると思うし！」

私はうふふっと笑った。

「女優名ググったら、私と相反するタイプだったことなんて、全然気にしてないからね」

ケイジは無言で土下座をしていた。

「ところでＡＶマニアが紹介した女の人って、どんな子なの？」

「ＡＶマニア!?　なにそれ、俺のこと!?」

ケイジに嫌なあだ名をつけてやった。

「弟に紹介するような人だから、ちゃんと良いお嬢さん紹介してあげたんでしょうね！　変な人だったら許さないから!!」

ずずいっとケイジに詰め寄った。

「安心しろ！　そこは俺も自信をもってオススメできる！」

「ホント!?」

「ああ!!……いや、まぁ、多分……だけど……」

　ケイジの声がだんだん小さくなっていく。

「多分？」

「……ちょっとした問題はあったりするんだが……」

「……なに？」

「とはいえだな！　2人とも相性もよくて、トントン拍子で付き合ってたし、オールオッケ……ぐえ」

「どんな問題があるのか言え!!」

　私が首を絞めながら揺さぶると、ケイジは声が出せないようだった。

「ヤダ心配になってきた……！　弟がケイジに相談できて、私にできないってことは、見せられないような彼女に違いないよ！」

「いや、単に気恥ずかしいだけじゃ……」

「こうなったら直接、相手の女を見に行く!!　このままでは恋愛初心者の弟＝問題ある女によって女に幻滅する＝荒れる＝ヤリチン化という方程式が起きてしまう!!」

「うおおい!?　待て待て!!　なんだその方程式!?　数学の偉い人に謝れよ!?」

　ケイジに腕をつかまれ、引き止められた。

「邪魔しないで！　天使の弟がピンチなのっ‼」

「おまえがすんな！　人の恋路の邪魔するやつは馬に蹴《け》られちまえっつー、先人の偉大な言葉があるよーに！」

「だって弟が！」

　必死の私の叫びにも、ケイジは動じなかった。

「弟のためを思うなら身を引け。俺は断固としてシノを止めるぞ。俺は弟の味方だ。あいつの背中は俺が守る！」

「エ、エェー、なんなの。そのムサ苦しい男の友情……」

「ムサイ言うな」

「うぅ、もう、わかったヨ……。じゃあ、ケイジお気に入りのAVを教えてくれるなら、私、諦めるよ……。冷静に考えれば、弟よりも、彼氏の調査のほうが優先だよねっ」

　一瞬でつかまれた腕が解放された。

「よし出かけるぞ、シノ！　あいつら今日はショッピングモール行くつってたなぁ！　さっさと馬に蹴られにいこうぜ！」

「…………」

「おら行くぞ‼　走れ‼　ワハハ」

「…………」

　気持ちは充分に伝わった。

「弟はどこ⁉　どこなの⁉」

　血眼《ちまなこ》になって弟をさがす私　ｉｎ　ショッピングモール。そんな私の姿を、ケイジは呆れたように、若干引き気味で傍観していた。

「シノは俺の中で、わりと常識的なタイプだったと思うんだが、弟のことになるとイメージと離れすぎている」

「いいから、弟はどこ⁉　どこなの！　出せ！」

　ケイジはどんびきしている。

「青春謳歌《おうか》してる弟の門出くらい祝ってやれよ？　姉として」

「……それはもちろん。だけどちょっと寂しいね……。『私たちといる時が一番楽しい』って言ってた弟が、ついに自立しちゃうなんて……」

「あー。子どもが離れてく親の心境に近いのか」

「これからは、私たちじゃなく、彼女と過ごしちゃうんだね……」

　しょんぼり。

「シノ……」

「でも、彼女ができたことは姉として祝ってあげなくちゃね」

「そうだな」

「ケイジは、問題あると言いつつも、弟にぴったりな子を紹介してくれたんでしょ？」

「ああ。そりゃシノの弟だし――」

私は笑顔になった。

「……じゃあ大丈夫、ケイジのこと信じてるもん。弟の新たな門出をちゃんと祝うよ！」

「えらいえらい。それでこそシノだ」

ぽんぽん、とケイジの大きな手が私の頭に乗った。

確かに3人で遊ぶ日々が失われるのは寂しいけど、ケイジと2人っきりで遊べる日が戻ってくるのも嬉しい。

悪いことばっかじゃない。なにごともプラス思考だ。

「お、噂をすれば、弟と彼女がいたぞ、ほら、あそ――」

「どこ!?　どいて！」

私に突きとばされて吹っ飛んだケイジが指差した先には、弟がいた。その弟の隣には、彼女であろうと思われる女性がいた。

見た。

凝視した。

首を捻り、ケイジへと振り返る。

「？　弟の彼女、どこ？」

「だからアレだって」

弟の隣にいるのは、濃い化粧に、ゴージャスな巻髪、派手な衣服に身を包み、たわわに実ったお乳とお尻をプリプリ揺らしながら歩いている、痴女のような女性だ。

「……弟の彼女だよ？　ケイジの好きなＡＶ女優じゃなくてさ」

「だから、アレがそうだっつーの!?」

「？？？」

…………。

「あ、あれが、彼女ォオオオー!?」

嘘ぉぉおぉぉぉぉぉおぉおお―――――――!?

思わず叫んだ。

「だだだって、どう見ても、クラブのママだし！　てかちょっと年齢層高め!?　じゃない!?　みたいな!?　かんじ!?」

「そりゃ大人の魅力ってやつじゃねぇの、27歳だし」

「あ〜っ、27歳かぁ。じゃあ仕方な……」

……27？

「……ちょ、ちょっと待って……お、弟17歳だよ？」

「うん」

――10歳差⁉

「ハハハ、恋愛に年齢は関係ねーって！」

「17と27って犯罪でしょ‼」

「だから問題あるって言ったじゃねーか」

「大問題じゃん‼」

ケイジの肩をがくがく揺すった。

「いやしかし、スタイルいいよなー。美人だし」

あ！　スルーしたこいつ！

「年齢はともかく、俺の見立て合ってんだろ？　おーおー、仲睦《なかむつ》まじく、楽しそうに喋ってるじゃねーか」

たしかに、弟は鼻の下を伸ばしデレデレしていた。女も、たのしげに弟にぴったりくっついている。

　仲は良さそうではある、が！　ケイジもデレデレしてるのはなんなの……。男ってやつはこれだから。

「あ、あんな人が彼女だなんて、逆に弟は恐縮しちゃうんじゃないかな。ほら、男性は自分よりレベルの高い女は苦手って言うし」

「いや、もし俺が高校生の時に、あんな美人の年上に相手にしてもらえてたら、すげぇ鼻高々――――いっ!?」

　ギリッ……！

　ケイジの足を、ヒールで思いっきり踏みつけた。

「どうせ私は鼻高々じゃなかったよ！　ばーか！」

「――――っっっ……たとえ話だろーが！」

　フンだ。

「彼女の姿も見たことだし、私、帰るね」

「あ？　なんでだよ。せっかくここまで来たのに会わねーの？」

「無理!!」

　あの女性は苦手な人種だ！　派手な人コワイ！　逃げよう。敵前逃亡だ！　ピューン！

引き返そうと歩き出したところで、

「おーい、静江《しずえ》さん!!」

「ギャ!? 呼んじゃった!」

静江と呼ばれた美女が、こちらを見た。ケイジの姿を捉えると、まるで向日葵《ひまわり》が咲いたかのような笑顔で駆け寄って来た。

そしてケイジに、抱きついた。抱きついたのだ。

「やだぁ、偶然ねっ。会いたかったぁー!」

静江の胸が、ケイジにあたる。ぽよんぽよん、あたる。

「ケイジってば、全然会ってくれないんだもぉん、寂しかったぁ」

ぽよんぽよん。

「いやー、ちと忙しくて。デートの邪魔してごめんな」

「別にいいわよぉ、買い物だもん。ケイジも一緒に行かないっ?」

ケイジが苦笑い気味に答えた。

「いや、コイツがいるしやめとく」

静江がキョトンとしながら、固まっている私へと向き直った。

「あら、どなた?」

「お姉ちゃん……こんなところでなにしてるの？」

静江を追いかけて来た弟。その弟の言葉に、静江が目を見開いた。

「えっ……。お姉さんってことは……あなたが、シノちゃん？」

「は、はい」

「つまりケイジの彼女、よね？」

「……は、はい……」

彼女は私をまじまじと凝視していた。その目は、
★えっ⁉　こんな子と付き合っているの⁉
★冗談でしょ？　彼女は別にいるのよね？
★だって全然釣り合ってないじゃない‼
っていう、私も慣れすぎてきた感想を、ストレートにぶつけてきた。

「うそでしょぉ⁉　コレがケイジの彼女ぉ⁉」

でも、さすがにここまで露骨に言われたことはないかも。

ケイジが不穏な空気を察したのか、立ち去ろうとする動作を見せる。

「じゃあ俺たち、もう行くわ」

「そう？　わかったけどォ……」

静江がまじまじと、私の全身を隈《くま》なく見つめている。

「ほら行くぞシノ」

急《せ》かされて、私は一礼してケイジの後ろに続く。静江はまだ見ていた。去り際、彼女は私に聞こえる程度の小さい声で、

「弟くんは可愛いし、ケイジも文句ないんだけど……」

呟いた。

「女は、レベル低いわね」


「お姉ちゃんは認めません！」

デートから帰宅した弟を、即正座させる。

「認めなくたって、僕の彼女だし……」

「あんな失礼な女、許せない！　私のことレベル低いってバカにして……！」

わかってるけどよ！　でも初対面の人間に、なんでそんなこと言われなくちゃ!!

「お姉ちゃん被害妄想ひどくない？　静江がそんなこと言うわけないじゃん……」

「言ったんだよ…!!」

私は弟のほっぺを、ギリギリ捻りつぶし始めた。

「ケイジもケイジだよ！　あんな女にデレデレして！」

「こっちに怒りが飛び火してきたか……」

ケイジは読んでいた雑誌を閉じると、弟と共に正座して並ぶ。

「アッ！　そういえばケイジの持ってたAV、あの女みたいな女優だったもんね！　ケイジはああゆうのが好みなんだ」

フンッと鼻息荒く責め立ててると、

「あー。俺、マジでシノ派」

ケイジが真顔で答えた。

「静江さんは、男の理想を詰め込んでる正統派ってカンジで、近寄りがたいしな。そんな訳でシノ派。わかりやすいだろ！」

「ケ、ケイジ……」

キュン……。

「それ、私が正統派じゃないってこと？」

憤慨した。ときめきもあったが、それはそれ、である。

「それにねー」

さらに説教を続けようと口を開きかけたところで、

タイミング悪くインターホンが鳴った。

「あ、来客だ。くそぉ、男2人はまだまだ説教だからね！　正座して待ってて！」

「はーい、ご苦労さまでー」

玄関の扉を開けると、そこには、さきほどのド派手な女——弟の彼女である静江がいた。

「あら」

思ってもない来客に、呆気《あっけ》にとられる。

「シノちゃん、先ほどぶりィ」

「さ、先ほどぶりぃって、どうしてうちに………」

「あら聞いてないの？　弟くんは？」

「お、弟？」

ダダダダ———ッ！　と私の部屋から、さっきまで正座していた弟が走ってきた。

「だ、だめだよ静江！　まずはお母さんに説明しないと！」

混乱する私に、静江はにっこり笑った。

「シノちゃんのお母様は、どちら？」

「？　キッチンにいますけど……」

「わかったわ」

静江は、勝手にズカズカと家にあがり、母の元へと向かった。

「これ、つまらないものですが、実家から送られてきた桃ですぅ」

静江は笑顔で、持参の紙袋から果物の箱を取り出し母に渡した。

「アラアラまぁまぁ、ありがとう」

母が喜んでいる。

「ちょ、ちょ、まっ、待っ……」

私の制止を聞かず、弟が続けた。

「お母さん、静江が元彼と住んでいた家を出たんだ。それで住むところがないから、しばらくうちに住んでいいよね？」

「――――っハア⁉」

絶句する。すぐさま静江の目から涙がこぼれ落ちた。

「っ……迷惑なのはわかっているんですけど、あたし上京してきて、頼れる知人もいなくって……！　この東京砂漠で、ひとりで生きていける場所がないんです……」

母は「まぁ」と涙ぐんでいた。

「こんな家でよければ……」

でえええええええ⁉　うちのママ、ちょろいな‼　こうして同居が認められ、たいそう晴れやかな笑顔に切り替わった静江は私に向かってこう言った。

「これからよろしくね、シノちゃん」

よ、よろしくねって……。

「あーん、荷物おもーい。弟くん持ってェ。私ちょっと一眠りする～」

静江は、弟にボストンバッグを持たせると、欠伸《あくび》しながら、弟の部屋へと消えてった。

「…………で？　これはどうゆうこと？」

私は、諸悪の根源の弟を無言で睨み付けると、弟はサッと顔をそらした。

こうして最悪の女・静江との同居生活が始まったのだった。


静江さんが、朝倉家に住んでから1週間。私のストレスは相当溜まっていた。

「シノちゃんいる!?」

バターン!!　と勢いよく私の部屋の扉が開いた。

「ギャ！　静江さん、ノックくらいしてくださいよ……！」

「お洋服を貸してくれない？　シノちゃんの洋服に、あたしの胸が入るといいんだけどォ」

「（イラッ）その前に、静江さん好みの服じゃないと思います」

「あら、ホントだわ。こんなガキ臭い洋服なんて無理ね！　仕方ないから、買って来るわ」

「…………」

ストレス［░░░□□□□□□］↑

「シノちゃん、あたしお腹すいた。ハンバーグ作ってくれない？」

はい？

「でも、材料ないですし……」

「え〜、そうなのぉ？　困ったわ。シノちゃん家って、コンビニも近くにないのよねぇー」

「スーパーならすぐそこにありますよっ。お弁当でもお惣菜《そうざい》でも、なんでもあるから買ってきたらどうで……」

「そうなのっ？　じゃ、買ってきてよ」

え？

「幕の内弁当でいいから♪　それまであたしお風呂入ってるわね」

「…………」

ストレス［░░░▓▓▓□□□］↑↑　ギューン

「前々から思ってたんだけど、シノちゃん家《ち》って壁が薄くない？」

「そうですか？」

「シノちゃんと弟くんの部屋、隣接してるじゃない？　だから、ケイジとシノちゃんの会話、まるっと聞こえるのよねぇ」

「あ、ご、ごめんなさい。うるさかったですか？」

「ああ、違うのよ。むしろこちらこそ、ゴメンナサイって思って」

驚いた。こ、この女が謝罪を……？　自分がいかに図々《ずうずう》しい居候《いそうろう》であるかという立場がわかって……！

「壁薄いでしょ？　だから弟くんの部屋から、あたしの声が聞こえたら本当にごめんなさいね？」

「え？」

「あたし、やってる時の声大きいのよねぇ……」

「…………」

ストレス［］↑↑↑　ギュンギュンギューン！

「静江さんとの暮らし、どうすか」

「どうもこうも、ストレスで髪が抜けているよ‼」

ケイジと遊んだ帰り道、不満を叫びながら家に向かう。ここ数日はケイジと遊んでいても、ずっと静江の愚痴ばかり言っていた。

「なんであんな人と友達なの⁉　信じられない！　ああ、家に帰りたくない！」

そうは言っていても、家に到着してしまう。玄関の【朝倉】と書かれた表札には、【＋しずえ】とメモ書きが付けられていた。心底ゲッソリする。

力なく、玄関の扉をあけると、衝撃の映像が目に飛び込んできた。

そこには。お風呂上がりにバスタオル１枚で廊下をうろついている、多分、股間《こかん》のあたりとか、胸の先とか、ほんの少し角度変えれば、確実に丸見え姿の静江さんがいた。

「ツギャー！　なんて格好して……！」

「あっ、ケイジ。おかえりなさいっ♪」

私をスルーし、静江さんが後ろにいたケイジに（説明の必要もないと思いますが、ケイジは私の彼氏です）抱きついた。さすがにケイジも顔を真っ赤にし、焦っている。

その光景に、温厚な私の血管がプツリと切れた！

「ダアアアアア――!!」

部屋に戻った瞬間、壁に思い切りまくらを投げつける。

「落ち着けシノ!!」

「だってだって!!　ケイジに抱きついた!!」

「別に俺はなんとも思ってないから！　ああゆう人っつーか！」

「そうゆう問題じゃないでしょ!!」

直後、弟の部屋から聞こえ始める、ギシギシアンアン音。

「……ワーオ、お盛んなことで」

「ギャ――!!　もうやだ、耐えられね――!!」

ジタジタゴロゴロと床をのたうちまわった。

「毎晩あの声が聞こえるのオオオ。このままじゃストレスではげるうううう」

床に散らばった大量の自分の髪の毛を見て、しくしく。

「うーん、面白い人なんだけどなぁ、静江さん」

「どこが!?」

八つ当たり気味に叫んだ。

「……ウゥ、しょせん、ケイジも静江さんの味方なんだね……」

「いや、味方とかではないけど」

「フンだ、もういいもん」

いじけた。

「……こっち来い」

ケイジが、部屋の隅で体育座りする私を引っ張り、後ろから抱き寄せた。身体全体がケイジにすっぽり包《くる》まる。

「なにさ、なにさ、ばかばか」

「はいはい、拗《す》ねない拗ねない。静江さんは今、ちゃんと部屋を探してるから」

思わぬ吉報に、ぱっと顔を上げた。

「同居解消まですぐだと思うから。あと少しの辛抱だって」

「…………」

私は慰められるように頭を撫でられながら、背中を反らせてケイジの顔をまじまじと見つめた。

「なんすか」

「ケイジって、お父さんみたい」

「はい？」

「こー、見守ってくれてる感が！」

「いや、見守るというか、シノの暴走を止めてるだけというか、まー、でも大変なのは事実なんで、たまには報酬でも頂こうか」

不意に、近づくお互いの顔。〝報酬〟というのはつまり――。私から、そっと、口づけをした。

（そういえば静江さんのことでドタバタしすぎて、あまり恋人らしいことを、最近してなかった気がする……）

ケイジも同じ思いだったようで、

「たりねー」

と、たくさんのキスが降ってきた。ドキドキする。静江さんへの怒りが徐々に薄らぎ、今はケイジのことしか考えられな……。

「アンアンア――――ッ!!」

ハズだったのに、とてもタイミング良く（悪く）、隣の部屋から聞こえる嬌声。

「……。…………ハハ……仲、いいなぁ………」

「あははははは!!」

雰囲気台無滅殺恨!! 棒読みで爆笑(?)

と、なにやら硬い感触が、腰に当たっていた。

(……ハッ! こ、これは! もしや!)

振り返って、ケイジを見た。

「ん? どうした」

「ケ、ケイジ、あの女のあえぎ声に反応したの……?」

「え?」

「それともあの女に抱きつかれた時には、もうムラムラしてたの? 私を抱っこしたのも、キスしたのもムラムラ解消のために……」

「はい??」

「AVは観るし、あの女にはムラムラするし……! もうだめ、ケイジすら無理になってきた……!」

「え、いや……」

「ギャーン!! 同居解消まで耐えられない!! 爆竹をなげて、弟とケイジもろともあの女を吹き飛ばしてやりたい!!」

「なになに⁉　とりあえず謝れ、俺‼　ごめん、シノ‼」

ついには私たちのカップル仲にまでヒビが入りかけたので、今まで諦観《ていかん》していたケイジが、とうとう動いた。

「静江さんの歓迎会をやろう」

このまま険悪になっても仕方ないから食事の場を設けて、私と静江さんの仲を取りもとうとしてくれたのだろう。しかしケイジの想いもむなしく、地元パスタ屋のテーブル席に座った4人は終始無言だった。

「静江さんに質問があるんですけども……」

気まずさから、向かいの席に座る静江さんに、つい話しかけていた。

「あら、なぁに？」

「……弟のなにがよかったんですか？」

それは何となく気になっていたことだった。性格はクソだけど美女な静江さんが、女性経験ゼロのような弟じゃ釣り合わないと思っていたから。

「若いところ」

即答だった。

「………そ、それだけ、ですか？」

「え、それ以外あるの？？」

弟の顔が、悲しさから青くなっていた。

「あ、もちろん弟くんのことは愛《いと》しく思ってるわよ？　だから付き合ったんだし」

今度は赤くなった。

「あたしね、自分の手で理想の男をつくりたかったのよ」

静江さんは嬉しそうにウキウキしながら続ける。

「自分好みの男ってなかなかいないじゃない？　あたしの好みはイケメンで優しくて誠実で正直で紳士で……（中略）なんだけど」

「は、はぁ」

「だったら見つけるより、つくったほうが早いなって。ウフッ」

「で、でもうちの弟って、静江さんの理想になれるような顔じゃないです!!」

弟に対してとてもひどいこと言った気がするが、気にしない。弟の顔はまだ青いが気にしない。

すると、静江さんがクスッと笑った。

「やだ、シノちゃんは、顔なんて気にするの？」

「!!」

静江さんの言葉を聞いた瞬間、私は自分を恥じた。

（そ、そうだよね、顔で人を判断してしまうなんて――。私はなんて愚かな人間なんだ）

と、自分を責めていると、静江さんは高らかに笑った。

「顔なんて、お金でいくらでも変えればいいじゃない‼」

……って、えええええええ⁉⁉　一同、一斉にエェエって顔してた。

「弟くんも整形したいわよね？？」

「し、静江、僕は……」

「ほら整形したいって言ってるわ？」

言ってねー‼　弟の顔が青を通り越して白い‼

（あぁ、話していて、よく、わかった……）

うん、もう結論出た。

私、静江さん、無理だ‼

（絶対的にこの人と仲良くなれる自信がない！　相容《あいい》れない……。価値観が全然違う）

せっかく取り持ってくれたケイジには悪いけど食事の時間が、とても長く感じた。

（はあ、帰ろうかな……）

そう思っていた時、頭に猫のヌイグルミをのせた風変わりな女の子が、お店に入って来た。

「あ、朝倉くんだあ〜〜〜」

弟を見るなり、風変わりな女子が話しかけてきた。弟もにっこりと微笑んだ。

「え、だぁれ？」

静江さんが弟に耳打ちする。

「僕の同級生だよ。一緒の中学校だったんだ」

「へぇ」

小声で会話していると、女子が話に入ってくる。

「なんの話をしてるにゃん？」

にゃん……？

「こちらは、朝倉くんのお姉さんですかにゃ？　とっても似てますにゃ。はじめましてにゃ」

「え？　にゃ……はじめまして」

私はペコリと頭を下げる。

「お兄さんも、こんにちはですにゃ〜」

「お、おお、こんにちは」

ケイジも続く。

「あなた、なんで頭にぬいぐるみをのせてるの⁇」

彼女の様相が気になっていたらしい静江さんが率直に尋ねると、

「ふにゃ？」

にゃんは困り気味に笑った。

ふにゃ!!　ふにゃっつったぞ!!

「にゃにゃにゃん、にゃにゃにゃ～だからですにゃっ」

私は生まれて初めて、今、ここでニャン語で喋る人間を目撃している。

「それじゃ、またにゃ～～～」

にゃんは嵐のように去って行った。

「うん、またねっ。あはは、相変わらず人懐っこい子だなー」

人がいい弟は、にゃんのことをそう言った。

「あー、ずっと笑顔だったなぁ。人好きそうな顔してる」

ケイジが相槌を打つと、静江さんが「ブフ！」と噴き出した。

「え――？　ぬいぐるみを頭にのせてるって狙いすぎじゃない？」

「？　乙女らしい子なんだと思うよ？」

弟が、にゃんをかばった。

「お、乙女らしい？　弟くん、あの子を可愛いと思ってる？」

「ピュアで可愛い子だなぁって思わないの、静江？」

「………え……」

静江さんが弟の反応に困惑している。その様子に、私は思わずため息をついた。

「弟って女の趣味、ホント悪いよね。明らかにあの子はキャラ作ってるじゃん。そうゆうのがわからないうちは、永遠に心の童貞だよね。ね、ケイジ！」

弟に世の女ってやつを教えてやってーって気持ちで話しかける。

「まぁ変わってるなぁと思うけど、人懐っこく笑ってる姿は、俺もわりと悪い気はしない」

「エ？」

予想外のケイジの反応。

「そうなんだよー！　ケイジくん、わかってるぅ！　守ってあげたくなる感じっ」

弟とケイジはありえないことに、にゃんに肯定的だった。静江さんは苦笑い気味に、

「ま、待ってよ。だって語尾が『にゃん』だったじゃない？　ないわよねー、アレ！」

「個性的な子なんだと思うよ」

弟はすかさずそう言う。

「個性的!?　おかしいの間違いでしょ!?」

私が反応すると、

「十人十色って言うしな。うん」

ケイジがそう返してきた。

「――――」

静江さんと私が同時にひきつる。

（だ、だめだ、こいつら……）

この時、私はあれだけ静江さんを嫌っていたハズなのに――。まるでスローモーションのように、静江さんと目が合った。

「……にゃん、よ？」

「ない、ですよね」

ぽつりぽつり、お互い喋り出した。

「可愛いと思ってんの？」

「変なだけですよね」

「頭にぬいぐるみよ？　許されるの3歳児だけだっつぅの」

「不思議キャラ狙いなんですよ。ブリッコ！」

「そうよね～！　可愛いと思ってるからやんのよ！　男から支持が集まると思ってんの！」

「勘違い小悪魔キャラってやつだ!!」

「そうソレ!!　ああよかったぁ〜気持ち共有できる人がいて！　こんなこと思うのあたしだけ？　って考えちゃった!!」

「私も！　ケイジがほめてるからちょー焦りました！」

あまりの盛り上がりっぷりに男2人が引き気味で見ていた。

「……なんだか、シノちゃんとあたしって仲良くなれそうね？」

「私もそう思ってました………」

あれだけ、静江さんと仲良くなるのは無理だと思っていたのに!!　実際はどうだ？　とても楽しい!!

今なら静江さんが、面白いと言っていたケイジの気持ちがよくわかる。

こうして、私たちはこの事件（悪口）をきっかけに急速に仲良くなったのだった。

「これから飯行くけど、一緒に行きたい人いる？」

ある休日の昼下がり。ケイジが提案すると、「ハーイ！」同時に私と静江さんが手をあげた。

「ねえねえ、シノちゃん。ご飯ついでにお買い物行かない？」

「わ――行きます！　春靴欲しいし、ちょうど良かったー」

「荷物持ちのケイジがいると助かるわねぇ。あたしも買っちゃお」

「おまえら…………」

勝手に盛り上がっている女子陣に、ケイジがひきつっている。

「まー、いいです。準備してくる」

ケイジが去ると、本日のスケジュールをこれまた勝手に決めていく。ご飯のあとは一緒に映画みて、ショッピングして……。

（ああ、静江さんといることがこんなに楽しいなんて……！）

ちょっと前までは、静江さんとランチとか苦痛だったのに……！　静江さんも同じ思いだったのか、

「人間関係を円滑にするのは、シモネタと陰口よね～」

と、うなずいていた。

「ほんとですよね!!」

私も超同意。

「あのニャンニャン事件がなかったら、静江さんと仲良くならなかったと思ってます」

「あたしも！　だってシノちゃんと最初に会ったとき、無愛想で挨拶もしないし、なにこのクソ女って思って、大嫌いだったもの」

「私も、なにこの性獣みたいな女まじファックと思ってました」

うふふあはは……。

「今は、『あー、静江さんみたいな色気ムンムンの女性になりたいなぁ』って思ってるくらい好きですけども！」

好きっていうより「大好きです！」って言いながら、私は照れたように笑う。

「シノちゃん……！」

静江さんが私を抱きしめようと、両手を大きく広げた。

「静江さーん……!!」

私も抱きつこうと、手をのばした。

「嬉しい!!　あたしもシノちゃんみたいに、なり……！　なり………なりたくはないけど、シノちゃんのことは超好きよ？」

2人は……抱き合わなかった。

「え、そこは『なりたい』って言ってくださいよ」

「嫌よ」

スパァ――――ン！　即答だった。

「でもシノちゃんは、ケイジのタイプどストライクだし、その点はかなりイイわよね！」

「？？？　エッ……？　ケイジのタイプが私？　ハハ、それは絶対ないです」

鼻で笑った。

「静江さんは知らないでしょうけど、あの男、ド派手な女優がでてくるAV持ってたんです。きっと、本当は静江さんみたいな女の人が好きなんです！」

くそぉ、と軽くジェラシーしながら言うと、

「知らないもなにも、それ、あたしがケイジに超オススメしたやつじゃない？　似たようなものばかり借りてたから、他のも……って思って」

静江さんはさらりと告げた。

「毎回シノちゃんに似てる女優さん選んでるみたいよ」

私は思わずポカンとした。

「タイプっていうより、シノちゃんが好きなんじゃないかしら。AVにまで求めるなんて、おかしくて、ニヤついちゃったわぁ」

「や、やだ、ケ、ケイジってば……！　そんな……そんな……ェエエェェ――!?」

と、ときめかね――!!　それ全然、嬉しくねェェエ――!!

「シノちゃんにできないことを、AVで妄想して頑張ってるのよ！　健気《けなげ》でしょ？」

「それ全然健気じゃないよ!!　彼氏のそんな悪趣味ちょう知りたくね――!!」

「あら！　イイ話じゃないっ」

「どこがですか!!」

ギャーギャー騒いでいると、準備が終わったらしいケイジがリビングに戻ってきた。

「おーい、さっさと出かけるぞ……え？　なにその目」

ケイジを見る私の目は、完全にケダモノをみる目であった。

「ケイジ、私に近寄らないで。できれば半径1メートル……」

私はジリジリとケイジから距離をとった。

「おーおー、シノの俺を見る目が変わってら。静江さん、コイツに妙なこと吹き込んだだろ!?」

「なんであたしのせいなのよ。あたしは事実を述べたのよ。ねぇ、シノちゃん」

「人のせいにするなんて最低だよ、ケイジ!!」

「本当最低よねぇ」

「ねー！」

ヒソヒソ。

「……2人を仲良くさせたの、間違いだった気がしてきた、俺」

ケイジが頭を抱えた。

「今の聞いた？　あたしたちの仲を壊そうとしてるわよ」

「ますます最低ですね！」

ヒソヒソ。

「……こいつら……」

「放っておこうよ、ケイジくん……。〝混ぜるなキケン☠〟みたいな友情だよ、アレ」

「そうだな、そうしよう……」

ケイジと弟はすたすたと去って行き、残されたのは私と静江さんだけになった。

私とケイジと弟の3人で過ごす楽しいひと時は、永遠に続くものだと思っていた——。

「仕方ないから、あたしたち2人で遊びに行きましょ」

「そうですね、あいつら無視無視無視！」

でも、気付けば私と静江さんだけで遊ぶ毎日が始まったのは、まぁ、言うまでもない。

3章　セックスレス

「エロは芸術!!」

彼女の口癖だった。

「エロは人類の神秘!!」

彼女の持論だった。

「エロ最高―――!!」

彼女のエロへの想いははかり知れず、AV収集から始まり、エロ本、エログッズ、ストリップ観賞まで、そこらへんの男子よりも余程、性への知識は深かった。

ま、その想いをご自身の中で留《とど》めておいてくださるならよかった。しかし、ついに他人を巻き込み―――っていうか、その矛先が私たちに向けられたのだった。

「シノちゃん、ケイジ。気になったことがあるんだけど……」

「なんですか?」

人一倍エロへの想いが強い静江さん、弟、ケイジ、私、いつものメンバー4人でリビングに集まって遊んでいたら、突然切り出してきた。

「あんたたち、ちゃんと毎日セックスしてる?」

私は飲んでいたトマトジュースを噴き出しそうになった。

「聞き耳立ててても、声や音が一切ないし不思議に思ったのよ」

「だ、だってしてないですから……！」

静江さんがいるし！　聞き耳立ててるなら、なおさらだし！　つーか立てんな。

「え⁉　あんたたちセックスレスなの⁉」

あまりの静江さんの大声に、近所に聞こえないかヒヤヒヤする。

「い、いえ。そうゆうわけではなく……！」

「それ、カップル最大の危機じゃない！　なんで黙ってたのよ⁉」

静江さんはテーブルをバァーン！　と、力強く叩くと、

「ちょっと、あんた、それでも男なの⁉」

ケイジを睨みつけた。

「女として求められないなんて、これほどの屈辱はないわ‼」

「ここ最近、静江さん騒動で色々あったじゃないすか」

当のケイジは、半眼で淡々とした口調でそう答えた。

「シノちゃんが可哀想……！　なんでやらないのよ‼」

「つまり静江さんがいるから、そのよーなことになったわけで」

「わかったわ⁉　その歳《とし》で枯れちゃってるのね……？　シノちゃんの身体にむらむらっとこないのね⁉」

「いや、だから……」

「シノちゃんも、ケイジに抱かれたいとか思わないのね！」

「あの、静江さん、人の話を……」

「わかったわ！　あたしにまかせて！」

エェー！　この人、まじで話聞いてねー！

「あたしが思うに、2人がセックスしなくなったのは、この環境のせいだと思うの……」

「まぁ、そうですね」

私とケイジが同時に答えた。聞き耳立てちゃうような誰かさんがいる環境ですからね！

私たちの反応に、静江さんが自信満々にうなずいた。

「毎回シノちゃんの部屋でやるのは飽きるわよね。わかるわ‼」

ち、ちげ――！

「そこでコレよ！」

バァーン！

静江さんがテーブルに叩きつけた物は、4枚の旅行券だった。

「……なんですか、これ？」

「ふふっ、4人で温泉旅行へいきましょ」

旅行??

「海と山に囲まれ、開放的、かつ神秘的な雰囲気に包まれ、温泉で身体を温めることで気分が高揚すれば、雰囲気におされ――後はわかるわね?」

「お、おおー……」

気の抜けた返事をするケイジの横で、私は悲鳴をあげた。

「エー! 卑猥《ひわい》な目的で旅行なんて嫌ですよ! はずかしい!」

そう言うと、静江さんが射貫くような視線を私に向けた。

「はずかしい……? ――なにが恥ずかしいの?」

「え、だから……その、卑猥な行為……」

「はあああああ!? いくらシノちゃんでもキレるわよ!」

ひいっと私はびくついた。

「セックスというのはね、決して恥ずかしいものではないの。裸体と裸体の曲線が繰り出す、人間の欲を如実に表した、人類が生み出した最高の芸術といっても過言ではないわ!!」

ワー、なんか語り始めたー。

「恥と思う心を恥ずかしがりなさい! 節度をもって、欲望に素直になりなさい! そう言っているのよ」

「ご、ごめんなさい……？」

「わかればいいわ、わかれば！　はい、今度はケイジ!!」

静江さんは、ビシィッ！　とケイジを指差した。

「なんでセックスってすると思う!?」

「え。……あー……あー？……子孫を残すため？」

ありきたりなケイジの回答を静江さんは鼻で笑った。

「ハッ？　子どもを産むから？　だったらゴムつけないわよね。はっきり言いなさい！　気持ちよくなりたいからだと！」

誰かこの人とめてくんねーかなってすごく思った。

「その欲望こそが、お互いを極限まで高め合うのよ……。そして欲望の果てに誕生する命。これが芸術でないなら、芸術ってなに？　って話じゃない!!」

恍惚《こうこつ》の表情を浮かべて語る静江さん。その横で彼女を呆然《ぼうぜん》と見ている私たち……。

「さ、性への理解が深まったところで、朝倉シノ&佐山ケイジのセックスレス解消の旅に出かけるわよっ～!!」

「オーッ！」と、天高く拳を振り上げる彼女に続き、申し訳程度に拳を上げる私たち……。

「なんだこれ？　どうしたらいいいんだ。目的がスゲー邪《よこしま》すぎる」

「ウ、ウン、つまり旅行を普通に楽しめばいいんじゃないかな？」

「だよな、うん。旅行代だしてもらってるし、なぁ」

「そうだよ、タダ飯タダ旅行だよ、楽しまなきゃ損損☆　えへへ」

私の場合、動機が違う方向で邪だった。

「僕の……」

ずっと黙っていた弟が、ぼそぼそと喋った。

「この旅行代、ぼ、僕のお年玉……から っ…………」

「え……？」

「…………僕の貯金っ……ひっく……」

「……」

結局、旅行代はケイジと私で折半することになった。（弟に代金返却）

旅行当日。

朝倉家の前には、とても大きなワゴン車が止まっていた。

「ワアアー、静江さん、ずいぶん立派な車を持ってるんですね」

「元カレから借りてきたわ。この車って大きいからヤるのにもいつも困らないのよね！」

またしても反応に困ることを、誇らしげに言われた。

「今回は旅館の手配から運転まで、全てあたしが担当するから、大船に乗ったつもりでまかせてね！　さぁ、乗った乗った」

静江さんに促され「はぁーい」と鞄を持った一同がぞろぞろ車に乗り込んだ。

「ふー、旅行のバッグは重いなぁ……ってアレ？　ケイジは荷物、持って来てないの？？」

「うん、1泊だしなー。そんな必要ないだろ。財布だけありゃ充分だ。シノは重そうだな。なに入ってるんだ、コレ？」

「エットね、お洋服にお風呂セットにトランプに、ケイジの顔にラクガキするペンに、ケイジの顔に当てるボールに、ケイジに……」

「家に置いて来い!!」

「ヤダ〜〜」

キャッキャ！　盛り上がるカップル。

「ウンウン、いい雰囲気じゃない。とても冷え切ったマンネリカップルに見えないわぁ」

「いえ、冷え切ってないです」

「さぁて、行くわよ〜」

私の言葉を無視して、静江さんは運転席にどっしりと座る。

「静江って運転できたんだ……？」

助手席に座った弟が驚きの表情を浮かべた。

「ううん、できないわ」

「え？」

衝撃の一言だった。

「あ、無免許じゃないわよ？　ペーパードライバーってやつで、運転は5年ぶりかしら」

ホホホー、と静江さんが高笑いした。

「まぁ、なんとかなるわ！　さぁ、行くわよー」

「俺が運転する!!」

後部座席から、ケイジが勢いよく飛び出した。

「いいわよ、ケイジ。遠慮しないで」

「してないから!!」

「大丈夫よ……えーと……アクセルはっと……」

キキ——!!　ガックンと車体が揺れ、弟が転がった。

「あら、アクセル踏みすぎた？　ブレーキどれだっけ……」

旅行を楽しむ前に死んでしまう。

「俺が代わる!! マジで代わらせてください!!」

「大丈夫よ」

「後生ですから!!」

ケイジに無理矢理どかされた静江さんは不満そうに、後部座席へ移った。

「それじゃ弟くん、運転はあの2人にまかせて、あたしたちは後ろでイチャつこ～～」

「えっ、いやっ、あっ、そこ触っちゃだめだって……!」

「いいじゃない、んふふっ～」

私は、無表情で助手席に避難した。

「あ、ケイジはあたしたちのこと気にせず、大好きな運転に集中しててていいわよ」

「お気遣いどーも………」

「ウフフッ、それじゃあ弟くん、再開しましょ～」

「再開って、ハレンチな行為はだめだよ～」

「いいじゃなぁい、誰も見てないし～」

「んもー、静江ってば～」

後部座席の2人をよそに、ケイジは無表情で運転を開始した。

「ようやく着いた……」

目的地の旅館に着く頃には、既に日も沈んでいた。

「ったく、ケイジの運転はノロいわ！　日が暮れたじゃない！」

「静江さんのナビ誤案内で、迷子になってたのはスルーか」

「やだ、人のせいにしてる。かっこ悪いわよ、ケイジ」

静江さんの言葉にケイジはぐっと詰まっている。

「だからあたしが運転するって言ったじゃない。ねぇ弟くん？　ああゆうカッコワルイ男にはなっちゃだめよ」

プルプル震えるケイジを、私がどうどうとなだめた。

「ケイジの運転で出遅れたものの、本番はこれからよ！　みんなついてきて！」

フォローミィー！　静江さんに急かされ案内された部屋は、旅館本館の離れにある、日本庭園に囲まれた立派な和室だった。

「ワァアァー！　お部屋に露天風呂付いてる！　囲炉裏だこれー！　お鍋が吊《つ》るされている！　掛け軸だらけ！　スゴイスゴイ！」

想像を超えるスイートルームっぷりに、私ははしゃぎまくる。

「うふふ、雰囲気よし景色よし温泉よし。全てはシノちゃんとケイジ、2人のムードづくりのためよん」

「あ、ありがとうございます……！　こんな立派なお部屋で、久しぶりにケイジと2人っきりになれるなんて……」

（静江さん、私たちのこと、本当に心配してくれてたんだね……！　内容はアレだけど！）

彼女なりの心配りにちょっとウルッときた。

「え？　なんで2人？」

静江さんが怪訝《けげん》そうに尋ねてきた。

「ここ、4人部屋よ？　4人で使うのよ」

「……エッ……。静江さんたちとは別室じゃない……の？」

「イヤよ、寂しいじゃない」

「あ、そ、そうですよね……うん……」

ウン……。

「あっ大丈夫よ、シノちゃん。心配しないで」

静江さんがにっこり笑った。

「2人がヤル時はあたしたち、ちゃんと席外すからね」

クソ迷惑な気遣いが発揮された。

「さて、無事に温泉についたことだし、当初の目的を果たすわよ」

静江さんは、目の前に出された食事に手をつけず、鞄の中をごそごそと探っていた。

「腹減ったー、さっさと食おうぜ」

「ワァーイ、お鍋だお鍋ー、美味《おい》しそうー」

目の前に出されたホカホカご飯に、お刺身にお鍋に旬のお野菜！　静江さんの行動には特に疑問も持たず、私は早速お箸《はし》をつける。

「あ、待って待って！　お鍋にこれ入れるから！」

静江さんは、取り出した精力剤ドリンク【絶倫無双まむし】を、
ドババアアアアアアアアアアアアアアアアアアアアアッとお鍋に注いだ。

「これでケイジも朝までムラムラね♪」

うわあああぁぁ……。おいしいお鍋が一気にグロい鍋に変貌《へんぼう》をとげた。

「オイィ、なんだこの罰ゲームは。金払ってなんでこんなもん食わなきゃなんねーんだ」

「はぁ？　なに言ってるの？　チケット買うときにお金払ったのはあたしよ‼」

「いや、そりゃそうだけど⁉」

「こっちの苦労もしらないで……ネットで予約すんのも面倒くさいのよっ」

「だから……あぁ、もういいわ⁉　お金払ってますもんね‼　たしかに！」

「そうよっ」

フフンッと得意げに、静江さんが髪を払った。

「あとは……。ご飯食べながらテレビを観るのはお行儀が悪いけど、仕方ないわね」

静江さんが持参したＤＶＤを挿入しテレビのスイッチを入れると、画面から「アアーッ！」と女性の喘《あえ》ぎ声が響き渡った。

ブチッ。私は無言でテレビを消した。

「あっ！　シノちゃんなにするのよっ」

「なにするのよ、じゃないですから」

「邪魔しないでよっ！　あなたのためなのよ！」

「私のためを思うなら自重してください!!」

「それじゃあ、このエログッズを……」

私は静江さんが取り出したものを速攻で奪い取って、ゴミ箱に投げた。

「ってあぁ!?　ちょっとさっきからなんなのっ!?　こっちは雰囲気作りを率先してやってるのよ、あんたたちのために!!」

静江さんがついにブチギレた。

「今やらなくてもいいじゃないですかー!!」

「ずっとやってたじゃない！　昼だって弟くんとイチャイチャして、2人をその気にさせようとしてたのよっ」

そういった意図であのような迷惑行為を……。

「だいたいコトの発端は、手を出さないケイジにあるのに!!」

静江さんがキッとケイジを睨むと、

「あとは頼んだ、俺は温泉入ってくる。いやー部屋付き温泉ってすげーわ」

彼はそそくさと退散した。

「あ！　逃げたわね！　だいたい弟くんも、自分の姉がレスで困ってるっていうのに」

「ぼ、僕は飲み物を買ってきます〜」

ピュー。弟も部屋を飛び出した。男2人は逃げおった……。

「………シノちゃん」

静江さんが私の肩をがしりとつかんだ。逃げられない。

「……ねぇ、シノちゃん、あたしって迷惑かしら……？」

「……エ……」

怒られると思っていたので、予想外の言葉に目を見開いた。

「あたしね、罪悪感あるのよ。あたしが同居することで、あなたたちの仲、邪魔してるんじゃないかって……」

「静江さん……」

だから、ケイジと私の仲を取り持とうと旅行まで企画してくれたんだ……思わぬ真意に胸がきゅんとする。

「あと、あたしエロネタ大好物だし、引かれてるかもって」

「歩く性獣ですもんね、静江さん」

フォローはしなかった。

「そうなのよーっ！　あたしエロが大好きなの！　でも下品な意味じゃないのよ？　好きなものが好きってだけで！　だけど喋りすぎちゃったり、行動に出まくっちゃったりで後悔する日々なのよ」

「は、はあ……静江さんも人間なんですね」

フォローにもならない感想を述べ、段々と暗くなっていく静江さんに私は慌てて言葉を繋げた。

「でで、でも私は静江さんと一緒にいるの楽しいですよ！」

当初はどうであれ、今の正直な気持ちだ。

「ほ、ホント!?」

静江さんがパァッと笑顔になる。

「はいっ！……あ、で、でもですね」

正直な気持ちを引き続き述べようと、続けた。

「静江さんのお気持ちに水を差すようで悪いんですけど……私、平気ですから」

「なにが？」

「……だ、だから、その、…………」

ウゥンゲフゲフン、とか過剰にせきこみつつ……。

「え、えっちとかしなくても……です」

恥ずかしさから、カァーッと頬《ほお》が赤く染まる。

「ケイジとは心が繋がってるから、気持ちさえ通じ合ってれば、セックスレスでも平気なんです、私。エへへ……☆　って、うわぁぁ、なんですかその顔」

静江さんは梅干食べたみたいな、しょっぱい顔してた。

「はあああ？　体の繋がりなしに男女の関係？　ないないないないありえない！」

「そ、そんなことないですよ！」

「ガキの恋愛じゃないのよ。夢見る夢子ちゃんでちゅかぁ。シノちゃんはァ？　ばぶばぶ？」

（うわぁぁぁ。ムカツクぅぅ、その口調）

「わ、私たちは大丈夫なんです!!」

だってケイジは私をすごく大事にしてくれるし！　付き合った時だって、大事にしすぎてどうしたらいいかわからないとか言ってたし！　ずっと手だって出してこなくて！　今だって別になにも言ってこないし！　今だって……。

「ありえない!!」

絶叫する静江さんを無視して、すっくと立ち上がった。

「あっ！　どこいくのよ」

「温泉行って来ます！」

「先にケイジが入って……ああ混浴？　いいわよいいわよぉ〜。裸で抱き合いなさい、イイ試みよぉ〜」

無視した。

カップルにも色んな形があるのだ。エロ魔獣の静江さんには理解できないかもしれないけど。

露天風呂の戸を開けると、ケイジがわしゃわしゃ身体を洗っていた。

ピシャーンと戸を閉めて、そろそろとケイジに近づく。

「背中流しにきたよ──、エヘへ」

「おー悪いな。シノも静江さんから逃げてきたか」

「ブッブー。私は逃げるどころか、平穏な旅行を勝ち取るためにきちんと言っときましたから」

フフンと私は誇らしげに胸を張った。

「？　なにを？」

「私とケイジは、セックスレスでも大丈夫ですって！」

「え？」

「心が繋がってれば、身体なんて関係ありませんって」

ムッフー、さすが私。イイコト言う！　と、ケイジの身体を洗う手が止まった。

「……ケイジ？」

「あー、いや、そうだなぁ、シノは必要ないんだろうな」

「ウン。……ウン……？」

含んだ物言いに疑問を持ちつつも、当初の目的を果たそうとニコッと笑った。

「じゃあ背中洗ってあげるね！　たわしはどこだろ」

「待てーィ」

「あ、たわしって知ってる？　茶色のゴワゴワした針のような」

「知ってるわ！　んで、人の背中を洗うもんでもないことも、知ってるわ!!」

「そう……。普通に洗うのはつまんないかなって思ったんだけど」

しょんぼりした。

「なぁ、シノ。実は前から思ってたんだけど」

「エッ、なになに？」

「おまえ、実は俺のこと嫌いだろ」

ケイジが超真顔だった。

「…………エ……。そ、そそそんなことないよー☆☆　ちょう大好きだよ☆☆☆」

不自然なくらい☆を飛び散らせながら答えた。

「ケイジの好きなところいっぱいあるよ！　えーと……ほら！　ヘタレなところとか、発言がクサイところとか、すごい好きだよ！」

ただの悪口だった。

「……。まー、いーけどなー!!　自分の長所は自分だけ知ってりゃいいしな！　キライなところを挙げられただけの気もするけどな！　あ、泣きそう」

「泣かないでケイジ！　気にしたら負けだよ！　私の気持ちは、背中に書き示すから！」

だって言葉で伝えるのは恥ずかしいから……。と、背後からケイジをぎゅぅと抱きしめた。

「……シノ？」

しおらしくピトッてくっついて、その後ケイジの背中にマジックペン（油性）で大きく【LOVE☆】って書いておいた。

「……って待て待て、なにを書いたっつーか、なにで書いた⁉」

「マジックだよ」

「オォィイィイィイコラアアアアア⁉」

「ふー、楽しかったー」

背中を流し終わり（？）、浴衣に着替えてから、ケイジより先に室内に戻る。静江さんと弟が浴衣の上に、さらに羽織を着て部屋にいた。

「……アレ、どこか行くんですか？」

「出かけてくるわ。2人で楽しんでね。お邪魔虫は退散よん♪」

彼女たちが出て行ったと同時に、ケイジも浴衣姿でお風呂から上がってきた。

「あれ？　あいつらは？」

「エ――ト……お楽しみくださいって、どこか行っちゃった……。あ！　さっきのラクガキ流しちゃだめだよ、私のケイジへの気持ちが詰まってるんだからね！」

「悪いが、きれいさっぱり流しました」

「ひどい!!　せっかく背中洗ってあげたのにっ！」

「洗うどころか汚してんじゃねーか!!　俺がシノに背中を犯されただけだった。責任取れ」

「ヤダ」

「マジックペンこれか。背中だせ」

言うなり、ケイジが私の浴衣を、背中から剝《は》がそうとした。

「ヤダ、ぎゃ！　ちょ、なにこの色気のない浴衣の脱がし方!!」

必死で抵抗を試みるも、男の腕力には敵《かな》わなかった。

「浴衣は脱がしやすくていいなー」

「わぁぁエロイこと言ってるようで言ってない！　衣服が乱れる！　静江さんが戻ってきたとき誤解される!!」

お互いの身体が絡み合う。（エロイ意味じゃなく）

浴衣がはだける。（エロイ意味じゃなく）

ラクガキされる事態を断固拒否しようと、壁際にびたーん！　と背中をくっつけ逃げると、ケイジがハァァと息をついた。そして、少しふてくされたように私を見た。

「ていうかさ。お願いあるんですけど」

「なになに」

「風呂場でくっついてきたりするなら、事前に言っといてくれ。心の準備して迎えるから」

私は、え？　と目をぱちくりした。

「心の準備……？　なんの？」

「今まで、俺自身がそういう場面になりそうな雰囲気だったら、とりあえずテレビつけたりして誤魔化してたんだが」

「え？　なにゆってるの⁇」

「しかし、あの状況にも拘《かか》わらず健気に耐えた俺。偉いな。ほめろ」

「え……？　あー！　ラクガキそんなに嫌だった？　ごめんね！」

「やるの我慢してるっつーことだ！　ちったぁ察しろ‼」

「……ががが我慢⁉　我慢してたの⁉」

私は顔を真っ赤にしてぶるぶる震えた。

「……ラクガキを？」

「ラクガキから離れろー‼」

「うう、うそだよ、わかってるよ。私、空気読める子だからさー」

ケイジのその欲望はしかと受け止めたと。そう何度もうなずいた。

「まー、シノはいいらしいけどなー！　ハハハ！」

ヤケクソ気味のケイジに慌てる。

「だ、だって、ケイジも別にしなくても平気そうだったし……！　エエ……！　あの、エッ、なにこれ、どうしたらいいの……！」

予想外の出来事に、焦る。

「いや、静江さんいるし、できないことに関しては別に構わん」

「ウ、ウン。だよね！　あの環境じゃ子作りできないもんね！」

「というよりは、静江さんがいるうちは俺もできないとは思ってる」

「ウ、ウン。早く消え去るといいね、あの女！」

さっきから私の静江さんに対する相槌はひどかった。

「でも俺は意志が弱いからな。あてにはすんな」

「ウ、ウン、わかっ……エ……ェエーッ！　どっち⁉」

できるのかできないのか！

オロオロとうろたえていたら、ケイジが、徐々に近づいてきていた。察するにエロイ意味で。

「……こ、ここではだめだよ……‼　静江さんいつ帰ってくるかわかんないし……！」

「わかってる」

距離がどんどん縮まっていくどころか、

「ひょ、ひょっとしたら、聞き耳立ててるかもしれないし！」

覆いかぶさってきた。

「聞いてる⁉」

「聞いてる」

ケイジが私の腰に手を回す。

「ぜ、絶対聞いてない……」

（意志ほんとに弱いな、この男‼）

空いているほうの手でグイッと顎《あご》を持ち上げられ、今まさにキスされようとしていた。

「あ……」

私も応じようと、ゆっくりと瞼《まぶた》を閉じる。

（……ケイジも弱いけど、私も意志が弱い……）

静江さんが突然戻って来るかもしれないし、いつもみたいに聞き耳立てているかもしれない。でも今はそんな心配よりも、この雰囲気に流されたかった。

「ん!?」

直後、背中に走るなにかイヤな感触。そう、まるで背中にマジックペンで文字を書かれたかのような……。

「あ——!!」

「ワーハハ!! 書いてやったぜ」

気が付くと私の背中に、ケイジがいつの間にか持っていたマジックペンの先がぴったりくっついていた。

「ひ、ひどい! 乙女のうら若き背中に!!」

「油断したな、シノ!」

「ばかっ!!」

近くにあった枕を、ケイジの顔面めがけて投げつけた。

「おーおー、上等だ。枕投げでもするか」

「よくも騙したな! 乙女心を踏みにじったな!」

「お前だって、散々男心を踏みにじってるじゃねーか!」

「枕投げで私に敵うと思うなよ!!」

弾丸のように飛ぶ枕、布団、お土産、ナイフ。(?)

「って、お前なんつーもん飛ばす!?」

「くらえ!!」

　こうして枕投げ大会が始まって、静江さんが戻って来た頃には、お互い疲れ果てて倒れていた。

「あら、ケイジってば、ぐったりしてる、ウフフ。何故かしらウフフ」

　静江さんは、含み笑いをしまくっていた。

「あぁぁ、めんどくせーからツッコミなしだ！　疲れたんで、俺はもう寝ます」

「疲れるほどなにをやったの？　うふふ」

「オヤスミナサイ」

　私も同じく無視をした。


「シノ……」

（…………ん？）

「シノ」

「？　ん……。……ケイジ……？」

　朝。ケイジの私を呼ぶ声に反応して、眠い目を擦《こす》りながら起き上がる。目を開けると、ケ

イジが目の前にいた。

私はケイジに襲われてた。

「……エッ？」

「シノ……シ……うおっ⁉」

ケイジが、私に覆いかぶさっている‼

「ななな、え⁉　なにどうしたの⁉　エッ⁉」

衝撃の光景に動揺していたら、隣で寝ていた2人が起きてしまった。

「お姉ちゃん、ケイジくん、どうし……あっ」

「2人とも起きたのぉ？……って、アラアラまぁまぁ！」

静江さんと弟が、その光景を凝視する。

「ギャー⁉　ちがいますよ！　ちがうんです‼」

ケイジをグイグイ押す。

「いや。………え――と、アレだ。寝ぼけてました、すみません」

ケイジに冷静に謝罪された。

「ケイジったら朝から元気ねぇ」

静江さんがしみじみと呟く。

「あら？　でも昨日、2人愛し合ったはずなのに？　やっぱり若いっていいわねぇ……。弟くんは若いのにすぐに果てちゃうのよ。昨日だってあたしだけ不燃で終わったし、それに……ムニャ」

自らの性事情をばらしながら、静江さんはスピーとまた寝始めた。

弟は「僕なにも見てないからね！」って、お布団に潜り込んだ。

再び、部屋に静寂が訪れる。

ケイジが悟りきったかのようにうなずいていた。

「うん。まー、なんだ。溜まってたからさもありなん」

「たたた溜まってた、て！」

「だから、昨日も言ったじゃねーか!!」

「そ、そうだけど！……枕投げで解消されたんじゃないの？」

「されるか!!」

「で、ですよね……！」

朝から、顔を紅潮させながら「えぇえ」と、私は言葉を続ける。

ケイジが気まずそうにそっぽを向いたので、裾をグイグイ引っ張った。

「あ、あのね……」

「ん」

　ケイジが振り返る。

「だから、その、……あの……。なんていうの……」

　しばらくするとぶるぶる震えだして、

「きょ、今日……旅行から帰ったらその……あの」

「……」

「あ、安全なケイジの部屋で……とか………どうですか……。……って、なんで私がこんなこと言わなきゃいけないの！　アハハアハハハハ恥ずかしい!!　あ——死ねる！　しのう、もうやだ」

　言い終わる前に、辛抱たまらなくなったらしいケイジに抱きしめられて、バキボキ背骨が鳴った。いたい。

4章　高校時代の話

「シノちゃんってその性格でよくいじめられないわよね」

静江さんにいきなり見下されるのもなれてきた。

「愛想ないしイ、人見知りだしィ。嫌なオーラ出てんのよ！　わかる？　あたしシノちゃんと仲良くなる前、シノちゃんが学校行ってる間とかホッとしたもん」

なれてきたけど、そこまで言う必要性を問いたい。

「……いえ、いじめられてましたよ、高校のとき」

「まじでぇ!!」

挙句、私がいじめられていたと言うと、キラキラなお目目された。

「やだっ、なんでなんで？　ねぇなんで!?」

「なんで、そんな楽しそうなの……！」

「え？　人の不幸話って面白いじゃなーい！」

その日は、静江さんがよく行くという、ちょっと大人っぽい雰囲気のバーに連れて行かれ、2人でお喋りに夢中になっていた。

静江さんがドリンクを取りに行き、1人でいるところに、

「こんなところでなにしてンの？」

男性に声をかけられた。

まさかのナンパに私は肩を震わす。

(い、いやでも前のように、勧誘というケースもある……！　私はもう騙されないぞ！)

ひとまず愛想笑いを浮かべて顔をあげると、そこには、

「コ、コウヘイくん……」

アシンメトリーのウルフヘア。髪色はアッシュグレイ。忘れもしない特徴的な猫目の男の子――コウヘイくんが立っていた。

「久しぶり。意外、朝倉さんってこうゆう店来るんだ？」

「え、えぇと………」

まごまごしてると、静江さんが戻ってきた。

「やだ、シノちゃんってば、なにナンパされてるのよ」

「い、いえ、ナンパされてるわけでは……！」

「こんにちは」

コウヘイくんが、静江さんに笑いかける。

「どうも。でもあたしたち2人で楽しんでるから」

「誤解ですって。同じ高校だったんです」

「あ、そうなの？」

「はい。俺、ケイジと親友だし。ねぇ、朝倉さん」

「う……うん」

うつむき気味に小さくうなずく。

「それじゃあ、邪魔してごめんね？　俺、行くから」

コウヘイくんは笑顔のまま、ひらひらと手をふって去って行った。

「なにあの男」

彼が去った瞬間、私はがばっと顔をあげ、

「静江さん、あのひとです、私をいじめてた人!!」

「まじで!?　あいつ!?」

「ほんっとーむかつく人で、私、大嫌い！　まさかまた会うなんて！　あいつに関わること全て思い出したくなかったのに……！」

「あら、そうなの？」

なのに、今彼に会って、嫌な思い出が走馬灯のように蘇《よみがえ》ってしまった。

それは——高校時代にさかのぼる。

「うちの教室、マジつまんねーから、しばらく邪魔させて」

コウヘイくんは笑いながら、よく私のクラスに来た。

「いいんじゃねぇ？　席に座れよ。どうせ注意されねーから」

「次、田島の授業か。あいつビビリだから、なにも言ってこねぇよな」

ケイジとコウヘイくんがケラケラ楽しそうに笑う。その隣で身を縮こませる私。

（なんでケイジ、この人と友達なんだろ……）

コウヘイくんはケイジの相方的存在で、別のクラスだったが、とても仲が良かった。ケイジの親友とはいえ、学校の裏あたりでタバコとかスパスパ吸ってたり、ピアスだらけで、口も態度も常に怖くて、私みたいな人種に対して、露骨にいじめとかやってたり！

たとえば、私とケイジが次の授業のために教室を移動していた時のこと。

階段の踊り場で、コウヘイくんとその取り巻きたちが、おとなしそうな男子生徒をいじめている現場に遭遇した。

「金かえせよ‼　アァ⁉」

コウヘイくんの怒号が響く。

「たりねーんだよ！　30万だろーが！」

「え、で、でもたしか、３０００円しか借りてない……」

「利子だよ、馬鹿か。てめぇ‼」

関係のない私でさえ足がすくんでいたのだから、囲まれている男子はもっと怖いだろう。

おめーの親友が、いじめしてんぞー！　注意しとけー！　頼むー！

私がケイジにめっちゃアイコンタクトしていたところなのに、

「よー、ケイジ」

「おうー。じゃーな」

ケイジとコウヘイくんは、にこやかに挨拶をかわし総スルー。

通り過ぎたよね、いじめ現場。

(こいつら、ね——わああああああああ!!)

その後もコウヘイくんによる男子生徒へのイジメをちょくちょく目撃した。基本、私みたいなおとなしい人種がターゲットだったから、

(ますますコウヘイくんと関わりたくない!!)

と何度も心に誓っていた。

なのに。

放課後、うちのクラスにコウヘイくんが駆け込んで来るやいなや、ケイジと私の机の間にしゃがみこんだ。

「どうした？」

ケイジが尋ねると、

「タバコバレた〜。今センセーに追っかけられてる」

笑いながら答え、教師が通り過ぎたのを見計らって立ち上がった。

「ふー、危ねー。そろそろタバコ吸う場所変えるかな」

「バレんなよー」

「わかってるって。んじゃもう行くわ」

(よしよし！　さっさと行け！　帰れ！)

私は念じた。

「……つーかさ……」

コウヘイくんが念じてる私を見下ろす。

「ケイジの彼女って静かだね〜！」

コウヘイくんに声、かけられてしまった。

「あー、シノ？　いや、こいつ猫かぶってるだけだから」

ケイジがそう言うと、コウヘイくんは大げさに笑った。

「あはは、まじでぇ？」

「い、いえ、そんなことないです……」

私は敬語で応対する。

「朝倉さん、ちょっと面白いことしゃべってよ〜」

エ！　無茶振り!!

「……い、いえ、あの……っ……………す、すみません……」

思わず謝罪をすると、コウヘイくんはさらに詰め寄って来た。

「いいじゃーん。てか、なんで敬語？　人見知り？」

「え、え　そ、そうゆうわけじゃないんですけど……」

「コウヘイ、やめろ」

ケイジが制する。

「えー？」

ケイジ……助けてくれた……！　さすが彼氏！　彼女のピンチに駆けつけるのって大事だよね！　イイヨイイヨ！

「……なんか、お前らが話すと、どうにもコントにしか見えん。おしとやかなシノがツボって牛乳噴きかけた。どうしてくれるんだ」

「そっち!?　ていうか……ねぇ！　ちょっと失礼だよ！」

「ワリーワリー。でもこれ不可抗力なわけよ。梅干見たらツバが出るくらいに不可抗力」

私たちのやりとりにコウヘイくんが噴き出した。

「あははっ！　朝倉さんは、ケイジにはテンション高いんだねっ」

そう言われると、恥ずかしい……！

コウヘイくんが羨《うらや》ましそうに目を細めた。

「このクラスっていいなぁ——。すげぇ楽しいね」

「え、そ、そう……⁇　ですか？」

「うん。俺のクラス、気持ち悪いグループいてさ。オタクっつーの？　ああゆうオタク系嫌いなんだよね」

「へ——ぇ…………」

コウヘイくんの眉間に刻まれた皺は、心からの嫌悪感を表していた。

「隅にいてウジウジ。人見知りなのか知らねーけど、仲間同士だとテンション高くて気持ち悪いし」

先ほどのケイジと私のやりとりを指してる？

「おい、コウヘイ」

さすがにケイジが一言言うと、

「ああ、ごめん。朝倉さんのことじゃないよ？　朝倉さんは、ケイジの彼女だから」

「あ、エヘヘ……」

ですよね！　びっくりしたー。フーッ……。

ってことは、ケイジの彼女じゃなかったら〝キメェ〟ってこと⁉

特に気にする様子のないコウヘイくんは、さらに続けた。

「つーか、ケイジって朝倉さんに優しいよね」

「そうか？　意識したことねーな」

「ま、俺も優しいけどね？　ケイジよりは少なくとも」

コウヘイくんは、私に手を差し出して微笑んだ。

「朝倉さん、鞄もってあげるよ。一緒に3人で帰ろ？」

「エッ……あ、ありがとうございます」

「俺のも持て」

ケイジがぐいっと自分の鞄を差し出した。

「やだよ」

笑いながら応対するコウヘイくん。

「あ、あの……」

戸惑う私に、彼は相変わらず笑っていた。

「朝倉さん、俺ってケイジより優しいでしょ？」

それからコウヘイくんは、しょっちゅう、私たちのクラスに訪れ、ケイジがいない日は、私に話しかけてくるようになった。

「ねえねえ」

私が座っている椅子をコウヘイくんがガシャン！　と蹴飛ばしてきた。

驚きで困っている私に、にっこり笑いかける。

「ケイジどこ？」

「エ、わ、わかんない……です」

(なんで蹴るの……！　足癖悪い！　こわい!!)

「ねえねえ」

「いたっ」

再び蹴られると机が膝にぶつかった！

「ケイジ来るまで暇だから、喋ってよ〜、朝倉さーん」

「エ……えっえっ……えええ……と……」

突然そう振られましても!!

なにを話せばいいのやら、動揺していると、

「…………朝倉さんって、本当におとなしいね～」

つまらなさそうに、コウヘイくんは言った。

「……ご、ごめんなさい……」

「俺とケイジって前まで、つか、俺は今もだけど……うちの高校の三大美女と付き合ってたんだよ。知ってる？」

「……知ってます……」

ケイジの元彼女は、超可愛いエリカちゃんという子だった。

「男にとって、三大美女と付き合えるって結構誇れるっつか、自慢できんだよね」

確かに可愛い子と付き合うと鼻高々になるよね、ウン……。

アレ……？　ってことは、つまり私は自慢できないいんだぜ？　ってこと？　いやいやまさかね。こんな平然と嫌味言うわけないよね。

「つか、朝倉さんにここのクラス合わなくね？　クラス、楽しい？」

「はぁ……エート、どうでしょう……」

「この前も言ったけど、俺のクラスおとなしい人ばっかなんだよね。このクラスのが絶対俺に合ってるっつーか。朝倉さんと俺でクラス交換しても問題なくねぇ？」

「ア、ウ、ウン……？」

まぁたしかに、私のクラス（1軍ばっか）よりは、コウヘイくんの言う、おとなしい人がいるクラスが私にはいいかもしれない……。

相槌を打ってると、コウヘイくんの猫のような目が細くなった。

「朝倉さんって、ケイジ以外で、男と付き合ったことあんの？」

「え？」

「なさそ〜。あはは」

「え、あは……」

「アッ。さすがにあるか！　この歳で、ないってのはないよね。んじゃ、はじめての彼氏ってオタク系？」

「え……」

ん？　あれ？　なんか……。

「朝倉さんみたいな人間がさー、ケイジと付き合うって、どんな気持ちなの？　教えてよ！」

な、なんか嫌だな……。

「男って、やっぱそれなりに彼女にステイタス求めるけど、朝倉さんってどうなの？　ケイジと付き合って利点ある？　ケイジはエリカの時はスッゲー羨ましがられてたよ。あれって勝ち取ったーってカンジで気持ちいいと思うよ」

なんか嫌、っていうか……エエエェェエエェーッ!! スッゲー不愉快!!

コウヘイくんの言葉を、ちょっとはイイ方向に頑張って考えてみたけど、これひょっとして、私ケンカ売られてる？

「朝倉さんっておとなしいわりに女の子らしくないし、ケイジってそうゆう子タイプだったっけ？ 趣味悪くなったのかな？」

間違いなくケンカ売られてるよね、コレ？ でも、ケイジの親友だし……！ いやでも……!!

「俺は朝倉さん選ばないかもー。女として見れないっつーか。あ、いい意味で」

「……そうなんだぁ、いい意味なんだぁ……」

よかったー、いい意味だったー☆

って、んなわけないだろ――！ あきらかに悪意あんだろ――!!（間違いなく、バカにしてる……!!）

このコウヘイくんの悪意は、私がケイジと付き合った当初からずっと持っていたコンプレックスをちくちくと傷つけていた。

コウヘイくんの悪態は日々エスカレートしてきて、私は一生懸命避けようとしたけど、廊下でよく絡まれた。

「俺とすれ違ったら、挨拶くらいしなよ〜」

「朝倉さ〜ん、俺のこと無視ですか〜？」
ア、ウン、挨拶は正しい。礼に始まり、礼に終わるって大事！　で・も・不・愉・快・だ・ぞ☆
（ウワーン！　クソー！　ケイジにチクってやる！　そしてコウヘイを成敗してもらう！東京湾に沈めてもらうんだ!!）

ウン、そうしよう。毎日毎日、絡まれるのは耐えられない！

（―――ハッ！）

でも待って……？　もしかするとケイジ、「コウヘイがそんなことするわけねーだろ。俺の親友をバカにするんじゃねぇ。シノ、見損なったぜ」とか言ってくるかもしれない……。

エー、どうしよ！　たしかに私もケイジに親友をバカにされたら、むかつくもんね!!　オーマイガッ。

コウヘイくんの言うとおり、私が暗くて、おとなしくて、挨拶も自分からしないのはたしかだ。単に図星を突かれて、むかついてるだけなのかもしれない。

「ウワーン、でもくやしー！」

じたばた。

「……？　どうした？」

私が教室で百面相をしてると、ケイジが心配そうに顔を覗き込んできた。

「………ウ、ウウンなんでもないよ！」

慌てて首を横に振る。コウヘイくんの現状を言おうか言うまいか、散々悩んではみたものの、ケイジとコウヘイくんは親友同士。……言えないよね。

「なにもないなら、いーけど」

ケイジが私の頭をぽんぽんと叩いてくる。

「ウン………」

誰もいないことを確認してから、そっとケイジに抱きついた。ケイジも優しく抱き返してくれる。その瞬間、胸いっぱいに広がる安心感。

たしかにコウヘイくんの言ってることが事実で、私が悔しい気持ちになろうが、ケイジは私のことが好きで付き合っているんだし、三大美女とか関係ない！　私もケイジ大好きだし！　コウヘイくんがなに言おうが関係ない！　大丈夫！　ウン。

……そう、思っていた。

「あひゃひゃひゃひゃひゃ‼」

クラスメイトの、シモネタ王者リューくんが、お昼休み終わり頃、ケイジとお弁当を幸せに食べている私の元へ、爆笑しながら訪れた。

「シノ……ちょ、まじウケ……ブ――ッ!!」

「ぎゃあ！　汚い！　ツバ飛ばさないでよ、リューくん!!」

「あひゃひゃひゃひゃ！　あれ、シノのスカート濡れてるよ」

「あ、これさっきお茶こぼしちゃって……」

「おしっこをこぼしたって⁉」

「ちがうよ!!　あ、リューくんもズボンに水かかってるよ」

「なんでそんなに、おれの股間ばっかりみるの？」

「ちがうよ!!」

「あ――ひゃひゃひゃひゃっ」

リューくんはまた笑い出して、ケイジの肩をぽんぽん叩いた。

「ケイジ最近ださくね――？」

「……は？」

「あいつアキバ系と付き合ってっから、アキバって呼ぶわもう」

「は？」

「女のレベルが下がったから、あいつも下がったわー」

「は？」

「ってコウヘイに言われてたよ☆　どんまーい」

私は耳を疑った。

え……？　なに………ちょ、……え？

「あ、これナイショね！　おれがコウヘイに怒られるから！」

ケイジの眉間に皺が寄る。

「コウヘイが？」

「うん！　元気出してね、ケイジ！」

リューくんが、たのしそうに超ニッコリ笑っていた。

「……まー、いいよ……」

ケイジは、興味なさそうに会話を終了させた。

「あれ……？　怒らないの？　怒らないの？」

「怒るほどのことじゃないです」

「ワオ！　さすがケイジ！　その心の広さに、おれ感動したよ」

「コ、コウヘイくんひどいよ!!　友達のくせに……！」

ケイジが怒らない代わりに、私が怒った。

「あひゃひゃ。え？　まじで？　ひどいの？　面白いじゃん」

「リューくんは悪口を聞いてるだけだからでしょ！」

本当にもー、他人事なんだから……。

「なにいってんの、おれ、めっちゃシノのこと、かばったよ？」

「……え？」

「ケイジだけじゃなくて、シノも言われてたよ？『ケイジがダセーのって、付き合ってる女が悪いんじゃねぇ？　あの女、愛想は悪いし話しかけても無視するし、性格くそ悪いし、マジ存在価値ねーよな。つーか俺、たぶんどんだけ酔っても朝倉さん無理だわ〜〜。ヤルどころか、チューも無理だ。生理的に無理』ってね」

リューくんは、コウヘイくんの言葉を口調とともに丁寧に再現してくれた。

「『よくケイジもできるよなー。俺想像しただけで鳥肌たつ〜』とも言ってたし……」

「ひ……ひどい……」

「泣かないで！　シノ！」

リューくんはひどく真剣な顔になって、

「おれは、『シノの顔さえ見えなければ、チューもヤルのもOK！』ってちゃんと言っといたからね！」

と、親指をグッと立てた。

「わぁぁー。フォローしてくれたんだー。リューくんありがとー。……ってばか!!」

全然嬉しくない！　嬉しくないけど、リューくんのひどい言葉もコウヘイくんのおかげでマイルドに聞こえた。

私はそれだけコウヘイくんの言葉に傷ついた。

「……ひどい……」

我慢していたけど、泣きそう。

「――――コウヘイどこ？」

普段のケイジからは想像もつかない低い声に、リューくんが目を輝かせた。

「お！　これはケンカですか？　いけいけケイジ！　おれの名前はぜったい出さないでね」

ケンカ!?

「エエー!?　なにする気……！　まさかコウヘイくんと揉《も》める気じゃ……!!」

「別に揉めるわけじゃねー。とりあえず行ってくる」

「いってらっしゃ――い☆」

リューくんが笑顔で、手をひらひらと振った。ケイジが教室を出て行ったので、私は慌てて追いかける。

「ケイジ……まっ、ちょ、まっ……」

廊下をずんずん歩いていくケイジの背中にのばした手が届く前にケイジが振り向いた。

「つか、別にシノのためじゃねーから、ついてくんな！」

「エエエ……!?」

「まあ、コウヘイを叩き伏せることを日夜狙ってた俺としては、大義名分できた今がチャンス。おーるおっけー。シノの件はオマケみたいなもんだ」

「な、なにわけのわからないことを言っ……！」

ケイジと2人っきりになったのはまずかった。ぼたぼたと、我慢していた涙があふれた。

「え……」

ケイジが啞然《あぜん》とする。

「ケ、ケイジ知らないとおもうけど、い、言ってなかったし……」

涙が止まらない。

「こ、ここずっと、すごい嫌な感じにイジられてて」

「はっ？」

鼻水も出てくる。

「遠まわしに、すごい見下されまくって……！　挨拶しないと睨むし、三大美女がどうとか、い、嫌なことばかり言ってくるし」

私は、まさかの廊下で、嗚咽《おえつ》まじりに号泣している。

「わ、私のせいで、ケ、ケイジも、い、い、言われてた……っ……な、なんて……っ」

ウギャ――ン！　もう無理！　もう耐えられない!!

コウヘイくんに言われたことは、今までずっと気にしていたこと。

最初は、ケイジは私みたいな女と付き合って恥ずかしくないのかな？　って思った。でもケイジは全然気にしてなくて。だったら大丈夫、身分なんて関係ない！　って段々思えてきて。お互い好きならイケル！　って自信を持ってきたところで、まさか、私じゃなくてケイジの評価が悪くなっていたなんて……。

コウヘイくんの言葉を思い出し、ポキッと心が折れた。

「……ケイジと別れたい」

「――は？」

「別れる！　さよなら！」

そう言って去ろうとすると、ガッ！　とケイジに強く腕をつかまれた。

「ギャア！」

「んな一方的な話のめるか！」

「……だ、だって……離してよ‼」

「嫌だ」

「離して‼」

「い・や・だ」

「エ——⁉　ヤダじゃないよ！　止めてくれるのは嬉しいけど……！　あああ痛い痛い痛い‼　ギャーいた……エッ⁉　これちょっと本気で痛い。ちょちょちょ」

ケイジの力が緩んだ。その隙に、手を背中に隠す。

「……わ、私、もうあんなこと思われて……ケイジと付き合うの……やだ！　むり！」

「……コウヘイはどうにかするから」

「そうゆう問題じゃない！」

止まりかけた涙が、またあふれ出した。

「私と付き合ってるから、ケイジの評価下がってるんだよ……！　わ、私のせいで！」

「シノのせいじゃねーよ」

「ケイジは友達多いし、明るいし、可愛い子とか彼女にしていて、栄光を極める1軍だけど……！　私は友達少ないし暗いし面白くないし、男経験ゼロだし、やることなすこと全部月並みだし、むしろそれ以下の3軍だし‼」

「それは別に関係ないだろ！」

「あるよ……！　私だから、ケイジはあんなこと言われたんだよ。私がもっと可愛くてオシャレで優しくて美人で気が利いて社交的で、世界中の人間がひれ伏すような天に愛された才女だったら誰もそんなこと、思わなかったのに！」

「……逆にそんな人間様いたら恐縮するわ……！」

「ケイジは、親友にあんなこと思われて、辛くないの⁉　私と付き合ってるから、あんな……」

そう言いながらぼたぼたと涙がこぼれた。

「……あんなこと言われてたら、いつかケイジだって、私と一緒にいることが恥ずかしいと思うようになるかもしれないし……」

「ならねーよ！」

「………そうだ！　それだ‼」

「え？」

「私を見下して気持ち悪がって、振るに違いないんだ‼」

暴走タイムに突入した。

「なんでこんな女と付き合ってるんだ俺、ってケイジ絶対なる！」

「あのなあ!!　そもそも人の目を気にするなら、コウヘイの言うとおり、最初からエリカとずっと付き合ってるわ!!」

「!?　な、なにそれ……！　つまり、『人の目を気にしないから、ブサイクなシノとも付き合えるんだよ☆』ってそうゆうこと!?」

「ちがうわ!!……つーか……あー？　まぁ、今のはそう受け取れなくもねーな……」

「ひどい!!」

「たしかにひどいな！　だけど、この場合は違う!!」

「でも、私は……！」

思い出すのは、コウヘイくんのひどい言葉の数々と、ケイジに対するコンプレックスと──。

「私は無理だよもう……。だって…………もう無理だもん……」

なにより、いつかケイジに嫌われるのが、怖い。

「……………別れたいっつーのは、本心？」

「────」

本心？　本心なわけない。辛い感情が優先されているけど、心の奥底の本心はケイジと付き合いたいに決まっている。でも。

「……本心だよ……」

素直になれない私の意地。

ケイジは一瞬だけ辛そうな表情をした後、

「わかった」

小さくそうつぶやいて、ゆっくりと教室に戻っていった。


「あれ！　早いね！　コウヘイはどうなった⁇」

教室に戻るなり、リューくんがたのしそうに尋ねてくる。

「別れた」

「え？　あれ――？」

ケイジも続けて教室に入ってくると、リューくんが今度はケイジへと身体を向けた。

「どうしたの？　なにがあったの？　ねえねえ！」

しかしケイジは、口を開かないまま着席する。

「あれ――？　キミタチ……、あれー？？…………」

一瞬の沈黙の後。

「……別れたの？　きみたち……別れたの⁉？　まじで⁉」

別れた部分だけ妙にハキハキと、でかい声で叫ばれた。

「ちょぉ……！　リューくん静かにして……」

「シノとケイジが別れたあああああああああ!!」

私の制止も空《むな》しく、手を口に当ててリューくんが叫んだ。

「ちょ、リューくん、マジやめろ。まじでやめろぉおお……！」

クラス中に響いてる!!

そのあと、歩くスピーカー☆リューくんから話を聞いたのか、コウヘイくんがすぐにうちのクラスにきた。

「ケイジ振られたのかよ。ダッセー」

コウヘイくんの無神経に笑う声を聞きたくなくて、耳を塞《ふさ》いだ。

帰宅すると、すぐさまベッドに倒れこみ、布団に潜り込んだ。

押し寄せる後悔。

(なんで別れたい、なんて言っちゃったんだろ……)

でもケイジと付き合ってたら、ずっとコウヘイくんに言われ続ける！　そしてケイジは必ず私を嫌いに……！

「うおお――――ん、ケイジィ、ケイジィイ」

号泣した。

「電話しようかな…………あ、だめだ、いずれ嫌われる」

この繰り返しを延々と続けて、気付けば夜もふけていた。

――――コンコン。ドアをノックする音がした。

「お姉ちゃん、いる？」

弟がおそるおそる入って来る。

「ご飯持ってき…………お、お姉ちゃん、ど、どうしたの……？」

泣きはらした私を見て、弟が慌てる。私も慌てて目をごしごしとこすった。

「なんでもないよ。ケイジと別れたから泣いてただけ！」

「エッ、ケイジくんと別れたの⁉　な、なんで⁉　どうして⁉　ついに振られたの⁉」

「私が振った」

「エェエエェ⁉　もったいない‼」

弟の悲鳴に、チクンと胸が痛む。

「もったいない」かぁ……。そうだよね……。私レベルの女が、よくケイジと付き合えたよね。

「……ねえ……弟から見て、私とケイジってどうだった？」

質問の意図がわからなかったのか、弟は首をかしげた。

「だから、その、……釣り合わないって思った？」

「あー！　うーん、そりゃ最初は……なんで真面目なお姉ちゃんが、こんな悪そうな男と付き合ったの？　って思ったよ。心配だったなー」

私の予想と違う弟の回答に目をぱちくりする。

「で、でもさっき、『もったいない！』って言ったじゃん！」

「ケイジくんほどのいい彼氏をって意味だよ……？　ケイジくん、僕にもすごく優しいし。いいお兄さんだったな～」

「あ、そ、そう……そうだよね……」

わけがわからない、という表情を浮かべる弟は、持ってきた食事をテーブルに置き始めた。その様子を眺めながら私は口を開く。

「……私ね！　もともとケイジと付き合うのは、コンプレックスあったの。底辺女の分際で、釣り合わないってよく言われてたから」

弟が驚いたように目を見開いた。

「……だけど、矛先が段々、ケイジに向いてきて……。今日なんて、『シノと付き合うケイジが、ダサイ』って言われてた！」

弟に向かって「ひどいよねー！」と、空笑い気味に話を続ける。

「ケイジは気にしないって言ってくれたんだけど、絶対気にするよね！　きっとそのうち『シノのせいでなんで俺まで悪く言われるんだ』って思い始めるでしょ⁉　『全部コイツのせいだな』ってなって『何で俺こんな女と付き合ってるんだ』ってなって、嫌われたも同然だよね！　怖いよね、怖い怖い怖いよ⁉」

マシンガンのごとく一気にまくし立ててから、「ね！」「ね⁉」と私は弟に激しく同意を求めた。弟は「うーん」と、少し考える仕草をしてから、ゆっくりと喋り出した。

「あのね、2人のことは、僕、よくわかんないいんだけど——」

「ウン……」

「別れることには賛成だよ。だってお姉ちゃん、ケイジくんと付き合ってるから、そんな辛い目にあうんだもん」

「ウ、ウン……？」

私は小首をかしげた。

「ど……どっちかっていうと、私と付き合うことで、ケイジが嫌な思いしてるんだけど……」

弟がキョトンとする。

「違うでしょ？　お姉ちゃんが辛い思いしてるんだよ。だから別れたほうがいいと思う」

「僕って身びいきだから～」と弟は続けた。

「そ、そんなことない！　ケイジと付き合ってるのは楽しかったもん。ただ私と付き合うことで、ケイジが周囲に悪く言われるのが怖いって……。さっきから何度も言ってるでしょ！　人の話聞いて！」

「？　えぇ？　だから、ケイジくんと付き合うことで、お姉ちゃんが周囲に悪く言われてるんでしょ？」

「だから！　まぁ、そうかもしれないけど！　ケイジも言われてるけど、私も言われてますけど！　でも私は気にしな――」

　ハッ!!

　今自分が発した言葉で、私は気付いた。

　私は、気にしないのだ。この先もケイジと付き合ってるせいで、悪く言われようが、なにされようが、そんな理由でケイジと別れるとか考えられない。

『ならねーよ！』

　ケイジは何度も否定してくれた。

　私が信じなかっただけで、きっとケイジも私と同じ気持ちなんだと、ようやく今になって気が付いた。

「そっ、か……わかった……」

「え？」

「ありがとう弟!!　マイブラザー！　愛してる!!」

「え、あ、はい……え？」

私は、ベッドに転がっていた携帯をすぐさま手に取る。

「…………私、電話するよ、ケイジに！」

「…………？」

「やっぱり好きだもん、別れたくないから！」

「！」

弟はぽかんとしていたが、「そっかぁ」と微笑んだ。

「うん、そっちのほうがいい。お姉ちゃんの幸せ考えると、ケイジくんがいたほうが、ずっと幸せだよ。僕も嬉しいいし」

そう言って、心から嬉しそうに笑ってくれた。私もつられて、ニコッと微笑んだ。

「じゃあ、電話するから今すぐ出てってってくれる？　邪魔だから」

弟は泣きながら部屋を出て行った。

（とにかく別れたくない、ってこと伝えればいいよね……！　ケイジが好きです……って）

電話をかける。尋常じゃないくらいドキドキドキドキする。

（あ——もうホント自分、ばか！　別れたいなんて言わなきゃよかったのに——！　と、とにかく今日の迷惑さを伝えて、コウヘイくんのこと素直に言って、ケイジを信じるってこと伝えて……！）

言いたいことをしっかり頭の中で確認した！

ドキドキドキドキ。コール音が鳴り続ける。

（ていうか寝てたらどうしよ……！　そしたら明日か……！　顔合わせづらいなー、うー）

『——はい』

出た‼

「ケ、ケイジ‼」

『うん』

「あ、あの‼」

電話する前に考えていたはずの言葉が、一瞬で消える。

頭、まっしろ。

「…………あ、会いたい」

本能のおもむくままに発言した。

返事はしばらくなかった。沈黙がこわい。

『……ん──』

ヒィ！　不穏な反応！

ウゥ、どうしようどうしよう‼

「ご、ごめんなさ……！　私、あの、あのね」

『今どこ？』

「………。……今？……家……」

『わかった。これで許すのは俺の泣き寝入りだし、しゃくなんで、今から泣かしに行くからそこ動くな』

「エッ……‼　今から⁉　わ、私がケイジの家行くよ！」

今から⁉

『来んな！　俺が行く！』

「私が行くってば！　私が悪いから行くもん、ちょっと待ってて！」

『バカか！　今何時だと思って……』

「絶対、待っててね‼」

電話を切ると、コートを羽織り、家を飛び出した。ケイジの家へは、自転車だと40分くらいで行ける！

走れシノ！　うなれシノ!!　ゴーゴー！

「ってアレエ……」

「うぃーす」

ケイジの家へ向かう途中の道で、ケイジ本人に遭遇した。

「エッ、なにしてるの。待っててって言ったのに。あ、暇なの？」

「ひまじゃねぇ！　原付飛ばしたわ！　あのなぁ、人が止めてるのに、こんな時間に1人で歩くとかやめましょうよ、朝倉さん……」

「歩きじゃないよ。自転車だよ」

「一緒だ!!」

……ってことは、私がキケンな目にあわないよう待ってくれてたのかな……。じわぁっと涙が溜まる。

自転車を降りると、ケイジに会ったら、真っ先に言おうと思ってた言葉を口に出した。

「信じられなくて、ごめんなさい」

「……うん」

「それで、い、いきなりなんですけれども」

「うん」

ギュッと目を閉じ、頭を勢いよく下げた。

「別れたくない!! ごめんなさい……」

「あ――……うん……つーか、俺はべつに別れたつもりもないし、別れるつもりもない！」

ドキドキ。

思わず顔をあげた。

「だ、だって、別れるって言ったら『わかった』って言ったじゃん!!」

「あれは別れることを了承したんじゃなくて、シノの気持ちを理解しただけだ！」

「言っとくけど本心じゃないよ！」

「それもわかってるわ!!」

「………」

全部わかってくれている。こらえていた涙がぼたぼた出てきた。

「だって、ケイジに嫌われたくなかったんだもん……！」

「泣くな泣くな！ つーか、それ逆だろ！」

「エッ……？」

袖で、涙をごしごしと拭《ふ》かれる。

「俺から言わせれば、シノは俺と付き合ってることが嫌にならないんですか？　って感じだ」

弟と似たような発言をするケイジに戸惑った。

「な、ならないよ……」

「付き合ってから、ことごとくシノを不幸な目にあわせてるのって、ほぼ俺が原因じゃないすか」

「そんなこと!!　ないと……思う……？」

言葉がしぼんでいった。色々あったから。

「まー、なので、いつかはシノに愛想尽かされて、フラれるなーっとわりと思っていてだな」

「フラないよ!!」

「フッたじゃねぇか！　さっき！」

「それは、だから……！……わ、私と付き合ってることで、ケイジが嫌な思いして、ケイジの気持ちがなくなったら怖いから……」

「んなの、俺はいつも逆パターンで思ってる」

「ずいぶんネガティブだね」

ケイジがそんな風に思っていたなんて、びっくりした。

「おまえにだけは言われたくないわ!?」

「だって私、ケイジが、す、好きだから！　なにを言われても、気持ち変わらないよ……！」

精一杯、ケイジに自分の気持ちを伝える。

「俺もです。つーか、俺はぶっちゃけ周囲とか関係ねーし、どうでもいい！　んなことで傷つくほどヤワじゃねー。……まぁ、シノの一言で、いつも致命傷は負うけどな……」

「エエエ、メンタル弱すぎる……」

「うるせぇ！」

こうして話をしていると、やっとケイジと仲直りできた気がした。

「じゃ、じゃあ、あの、別れてないってことで、いいよね……？　悪く言われても、気にしないんだよね？」

「気にしないんで、安心しなさい」

その一言にようやく心から安堵《あんど》することができた。

「じゃあ解決っつーことで！　送ってくから家に帰れ」

「エッ、もう!?」

会ったばかりなのに、仲直りしたばかりなのに、さみしい。

「だって夜も遅いし。明日は学校あるだろ」

「そ、そうだけど…………」

うろうろと目をさまよわせると、しばらくしてケイジの洋服の裾をぐいぐい引っ張った。

「か、帰りたくない……」

懇願するように言うと、ケイジは困ったように眉根を寄せる。

「……んじゃ、あとちょっとな。つっても、ここ危ないんだよな、野犬出るし。駅行くか」

「うん……うーん……ウ――――ン……？」

「…………なんで不満そうなんだよ！」

「別に不満じゃない！」

不満じゃないけど、決して不満じゃないけど、もっとこう、なんというか……!!

「家来る？」

ケイジの誘いに、パアァァァアと満面の笑みを浮かべる。

「………いいの!?」

「それは、どっちかというと、俺のほうが言いたい！」

「こ、こんな遅くに、お邪魔してだいじょうぶ!?」

「俺んとこはいいよ……。まぁ警察の世話にさえならんかったら、なにやってもいいという教育方針の下、すくすくと育ったのが俺だ」

「そ……そっかそっか！　エへへ」

「いや、俺んとこはな！　シノの家こそ大丈夫なんすか」

本当はだめだと思うし、おかあさんとか、無断外泊なんて超怒りそうだけど……。

「私のこと気にするなら、もうちょっと一緒にいてください……」

恋愛っておそろしい。一緒にいたいってだけで、今まで良い子として守っていたものを簡単に破ってしまう。

深夜1時過ぎ。バカ話しながら、ケイジの家に到着した。

「は——、寒い寒い。おなかすいた。ミカンたべたい」

「太るぞ。ぷくぷくと。……もう手遅れか？」

無言でケイジを叩く。

「いて。俺はシノを止めようとしただけなのに」

「一言余計なの、いちいち！」

「一言の余計具合で、シノに言われたかねーぞ」

「うるさいな!!」

そして部屋に到着するなり、さっきのバカ話がうそみたいに、お互い静かになる。

「エ——ト……」

ギシッ、という音とともに、いきなりベッドに押し倒された。

「あ、ちょ……」

「俺の部屋来るって時点で、予想できるもんがあったと思う！」

「あ、あったけど……!!」

ケイジと、駅でもなく道端でもなく、2人っきりになりたかったのは、多分こうゆうことを求めてたのかもしれない。

「………でもなんか見透かされてるようで恥ずかしい……！」

何度も何度もキスして。ベッドが重みできしんで。ケイジの手が、胸にのびてきたってあたりで、

「あ、ちょっと待って！」

ドーン！　押した。

「おま……」

「仲直りしたことを、弟に電話しないと……！　あと朝帰り工作をお願いしないと！」

こんな雰囲気でも流されずに冷静な判断をする私、ヒューヒュー。

しかし、いくらかけてもつながらない。

「ウーン、寝てるのかなぁ……」

「もーいいですか」

「待って、じゃあせめてメールす……」

「あとでな」

携帯がヒョイッと取り上げられる。

「……ウ、ウン……」

それからもう一度キスをして、今度こそベッドが本格的にきしむ。

何度も身体を重ねてきたはずなのに、いまだに照れてしまう。

優しく支えられた身体から、衣服が丁寧に脱がされていく。

「ウゥゥ、恥ずかしい恥ずかしい、あぁぁー恥ずかしい！」

「恥ずかしいって。いい加減慣れろ」

「慣れたの、慣れてるの。ドントコイってかんじなんだけど……！」

おしゃべりの最中に何度も塞がれる唇。段々と息切れを起こしてくる。

「だけど？」

ケイジに至近距離で見つめられると、キューッて心が締め付けられる。

「あ、あまり、み、み、みないで欲しい……」

「あー……」

ケイジの動きが一瞬止まる。

「……目隠しプレイしたいっつーことか？　シノもわりと大胆だな」

「ちが‼」

否定してから、すぐに疑惑の目を向ける。

「ケイジ、まさかそんな特殊な趣味をお持ちなの……？」

「特殊っつーか、俺はなんでもいい。シノが相手なら」

「エッ」

キュンとときめく胸。

「どっちにしろ興奮するしな！」

「あっ、なんか最後エロイこと言った！　台無しだ！」

「エロイことしてる真っ最中だと思います」

夜だし、ケイジの部屋だし、私は一生懸命声を押し殺した。

翌日の学校では――。

「さぁケイジ、あの野郎を……全ての悪の根源、コウヘイをフルボッコしてきて‼」

すげーいきいきとしてる私！　今、私はとっても輝いている‼

「とはいえ、平和的なやり方がいちばんだと思うのね！」

「ほう。たとえば」

「たとえばっていうか定番で！　作戦はこう！」

【その1】脅す
『俺の愛しい女をいじめたのは誰だ！　殺してやる‼』

【その2】身体を張る
『愛する俺のシノに手を出すな。代わりに俺を殺せっシノの代わりに‼』

「……とかさ。ポイントは『愛』だからね」

「ハハハ。……俺はどこの王子様だー！　つーか、シノのために死にたくないわ‼」

「エッ……、なんで？」

私は意味がわからない、といった表情を浮かべた。

「なんで？　じゃねーよ！」

「予想外の答えにびっくりした、今」

愕然。

2人で騒いでると、リューくんが私たちの席まで来た。

「ねえねえ。2人ともヨリ戻ったの？？」

「別れてない」

ケイジが即答した。

「あ〜そうなの!?　よかったぁ。2人がおれのせいで別れちゃったと思ったよ」

リューくんが、私に向かってニッコリ笑った。

「よかったねシノ」

「リューくん……」

心配してくれてたんだ……。リューくんってなんだかんだ、こうゆう優しいところあるから、心の底からウザイと思っていても憎めないんだよね……。

「ケイジと別れたシノなんて価値ないじゃん！」

憎めな……。

「ただでさえ存在感ないのに、空気になっちゃうとこだったね！」

憎……。

「これからコウヘイ倒しにいくの？　ねえねえ、絶対おれのこと言わないでね！」

「………。うん、わかった」

私はニコッと微笑んだ。

「憎いリューくんから聞いたんですけども!!」

そして、コウヘイくんに廊下で会った瞬間、即リューくんのことをバラしたー。

「え？　なにを？」

「なにをって……あの……！　私たちの悪口……ウゥ」

い、言いづらい……。口ごもっていると、ぱちぱちとコウヘイくんが拍手をする。

「そういや俺もリューから聞いた。ヨリ戻ったって？　おめでと」

「ア、ウ、ウン……」

「ホッとしたわー。２人が別れたら、俺、すごい寂しいし」

心にもないことをサラリと言えるコウヘイくんに身体がヒヤッとした。

「んで、リューからなにを聞いたの～？」

「アッ、え、えっと……」

祝福されると、私たちの悪口言ったでしょコノヤロー！　なんて言いにくい。

「コウヘイ」

ケイジが、私の前に立った。

「ん？」

「俺はな」

あー、とか、うーとか、言いながらケイジは続ける。

「シノを、あ、……あ……あー？……あい……」

え……。

「あ……あい……あいし……」

「え、っちょ……」

思い出したのは、先ほどの平和的解決方法の会話だった。

「ほんと実行してる！　やめて！　顔真っ赤!!」

「やっぱ無理だ！　くそ恥ずかしい。言えるか!!」

「言わないでいいよ！」

「つーか、シノに言われたから言ってるみたいで、すごいかっこ悪い気がする、俺」

それって……。

「えと、じゃあ本心ってこと……？」

もじもじ。

「まぁ…………俺の意志でもある」

てれてれ。私たちは桃色の空気を出し始めた。

「……あの、イチャつくなら、俺の前ではやめてくれませんかね？」

呆れたように額を押さえながら、コウヘイくんが言う。

「ち、ちがう！　別にこれはイチャついてるんじゃなく!!　つか学校じゃなく、家でちゃんとイチャついとるわ!!」

……。

「今、俺、だいぶ余計なこと言った気がする」

「暴露しないでよ!!」

桃色どころか、私の顔は真っ赤に噴火した。

「家でねぇ？　昨日は盛り上がったの？」

ニヤニヤ笑うコウヘイくんを、ケイジが睨んだ。

「ごめんごめん。んで、2人はリューになにか聞いたんでしょ？」

「……まぁ、おまえが俺のこと、どう思ってるかは聞いた」

「そか。言い訳だけど俺は別に、リューに言ってたこと、本気じゃないからね」

「は、は――？」

「ちょっとしたウケ狙いだったんだよね。……本当に、ごめん」

それからコウヘイくんは、とても申し訳なさそうに私を見た。

「朝倉さんも、ごめんね。表でも裏でも、からかいすぎたよね。どう詫《わ》びたらいいかわからないけど、許してくれると嬉しい。朝倉さんともっと仲良くなりたいし……」

コウヘイくんの、あまりにしおらしい態度に動揺する。

「ほんとごめん！　また3人で一緒に帰ろうよ!!」

「は、はい」

「よかった！　じゃ、俺は用事あるから」

コウヘイくんは踵《きびす》を返して、去って行った。

「本当に悪意なかったのかな……？」

「……まー、反省してるみたいだし」

あまりにあっけなくて肩すかしを食らった。

（そっか……これで終わったんだ……）

考えてた以上に平和的な解決に私は安堵した。

でも、次の日、リューくんが顔やら身体を腫《は》らして登校してきて、なにも解決してなかったことがわかった。

「シノ、おまえ――――！」

「ギャー、なに!!」

リューくんがつかみかかってきた!!

「コウヘイに言ったな！　言ったな！　おれのことばらしたな！」

「エエエエッ」

「殴られた！　蹴飛ばされた！　思いっきり！　おれを殴ったね！　親父にもぶたれたことないのに!!」

「ええええ……エエエ、エェー……ェー」

私には「エー」しか言えなかった。リューくんは、やれやれと肩をすくめた。

「……シノ。あのさぁ、ここはさぁ、『ガンダムかよ！』って突っ込みするところだよ。わかる？」

「ご、ごめん……わからなかった……」

「うん、おれ寒いよね、そうだよね。ひゅーるりー」

リューくんは口笛ふいて遠くを見た。

「……？　まさか、コウヘイくんに殴られたの……!?」

「そうだよ☆」

「そうだよって……!!」

リューくんが、あっけらかんとした口調で言ったけど、顔は痛々しく腫れていて、身体は青や緑や紫色に腫れあがってた。

「ご、ごめん……！　私がコウヘイくんに言ったせいで……リューくん、ごめん！」

どうしよう……!!　本気でこうなるとは思わなかった！　自分の口の軽さを、呪った。

「シノ、反省してるなら、やらせろよ」

「やっぱ、もっとボコられてきていいよ♡」

「ちょっとコウヘイのところ行ってくる」

「――――エッ」

話を聞いていたケイジが、足早に教室を出て行った。私も慌てて付いて行く。

「ケ、ケイジ、怒ってるの……？」

「怒ってねーです」

「でも、私がコウヘイくんに言ったせいで、リューくんが……！」

あんな牛乳の悪臭がするボロ雑巾のように殴られるなんて……。

コウヘイくんは、席に座って仲間たちに囲まれて談笑していた。私たちの気配に気付くと、顔をこちらに向けた。

「あれ、お2人さん、どうしたの？」

「なんでリューにあんなことしたんだよ」

単刀直入に尋ねたケイジに、「ああ……」と短く相槌を打つと、コウヘイくんはさも当然

のように笑いながら、

「あんなことって、あれは、リューの自業自得っしょ？」

馬鹿にしたように言った。

「リューが、友達を売る口の軽いやつだから悪いんじゃねぇの？」

（エー！　あなたがそれ言っちゃうのー！）

私は心の中で突っ込んだ。

「つーかリュー、あいつムカつかね？　前からウザかったし」

ケイジの眉間に皺が寄る。

「自分でセンスあると思ってるのかしんねーけど、きてる洋服ダセーし。なにあの変な頭。寝癖かよ。マジ笑う。絡みにくいし、なんで仲良くしてたんだろ？　あ——。やっぱあいつ金持ってるからかな。俺の財布？　あはははははっははは！」

（ひ、ひどい……!!）

確かにリューくんは、突拍子もないし絡みにくいし髪モシャモシャだし、むかつくしエロイし行動のすべてが不愉快で、やること最低で発言も最低で、人間として終わってて、救いようがなくて、長所がなくて短所はたくさんあって……！……アッ！　かばうつもりが悪口になっちゃった！

とはいえ、と、とにかく、そこまで言うことないのに!!

「つーわけで、なんか文句ある？」

「リューは、まぁ、そうだな。自業自得だし別にいいよ」

（いいんだ！　ケイジも冷たいな！）

先程から、心の中でしかつっこむことができない私。

「でも、おまえ、シノになにかしただろ」

これが本題とばかりにケイジが詰め寄ると、コウヘイくんから笑みが消え、不機嫌な表情を露《あらわ》にした。

「あ？　別になにもしてねーよ。ひどくね？……ねぇ俺なんかしましたぁ？　朝倉さーん」

突然ふられて、私はびくりと肩をふるわす。

「あ、そんな怖がらないでよ。俺、女に手だしたことないし」

コウヘイくんがにっこり笑う。それでもケイジが疑いの目を向けていると、大げさに首を横に振る仕草をした。

「やめてよ。俺はなにもしないって。リューみたいにしない。手も出さないし、足も出さないから。朝倉さんには今後関わらないって。…………疑われるのマジ勘弁……」

「……疑ってねーよ別に。でもおまえ、もうこっちのクラスに関わってくんなよ」

「はいはい」

険悪な雰囲気だったけど、表面的には冷静な話し合いが終了する。ケイジは教室を出ようと踵を返し、私も後に続こうとコウヘイくんに背を向けた。

その時だった。

――ガシャーン!!

コウヘイくんが目の前の机を思い切り蹴飛ばした。その机は、私の腰あたりに直撃した。

「ギャア!!」

いた！　っていうか……激痛!!

痛すぎて私は床に崩れ落ちた。

「ほら、俺、別に手も足もだしてなくね？」

そしてケタケタと笑いはじめるコウヘイくん。

(――いたい！　ひどい!!　あたまおかしい!!)

痛くて私は涙目になる。

直後、再び大きな音が響いた。

私に直撃した机が、気づいたら今度はコウヘイくんに直撃していた。

ケイジがキレた。

「いってーな……」

自分にあたった机を、コウヘイくんが「うぜぇ」とつぶやき、また私へと蹴飛ばしてきた。

さすがに今度はケイジが弾《はじ》いてくれたけど。

「――――いい加減にしろよ」

静まり返った教室で、ケイジの声がよく響いた。コウヘイくんも浮かべていた笑みを消し、ブチギレた。

「てめぇが、俺をなめてるからじゃねぇか!!」

「おまえだろうが!!」

……ギャァァァア、怖い!!　エーッ、ケンカ始めちゃった。

「いちいち説教してんじゃねぇよ！　てめぇ何様だ！　あぁ!?」

「説教なんて俺がいつしたんだ、コラ!!」

ヒートアップする男2人。

「いつも偉そうに上から物言ってんじゃねぇぞ!!」

普段はそれなりに穏やかな口調のコウヘイくんが、本性見たりーってくらい口汚く叫んでいる。

ただでさえ、怒鳴り声が怖いのに、その形相も怖いし、2人ともチューするんじゃないかっつーくらい顔近いし……！

（どうしよう、チューしたら……ＢＬだ……）

違う方向で心配を始めた。

「んなこと俺が知るか！　勝手に見下された気になって、キレてんじゃねーよ!!」

「あああ!?　クソが！　調子にのってんのかコラ!!」

「文句があるなら最初から俺のとこ来い！　コイツに手だしてんじゃねぇ!!」

コイツって言うのは、明らかに私のことなのです。私のことなのです。キュ――ン………。

（な、なんだろう、嬉しいな……。こんな状況だけど……）

のん気にキュンしてたら、鈍い音が響いた。キスしそうなあの距離で、コウヘイくんがケイジに頭突きした音。

は、始まったー!!

ケンカ始まりおった――！　ケイジが少しよろける。

「ギャアア!!　ケイジ……！」

痛い痛い痛い！　自分のように痛い！　え、私どうしたらいいの！　どうしよう！　怖いし怖いし、怖いけど、でもケイジが危な――。

ドサッ。

グルル
シャー

っていう音と一緒に、コウヘイくんが、倒れた。

「え？　アレ……？」

倒れてるコウヘイくん。見下ろしてるケイジ。

「アレ………」

ポカーン。

キョロキョロしてみたけど、周囲の人も私と同様にポカンとしている。

「あ――。なるほど…………」

ケンカが始まったと思ったら、終わってた。そうゆうことだよね。

ウンウン。

…………エエエエ!?　なんで終わってるの!!　も、もしかして、私今寝ちゃった!?　この緊迫の空気で寝ちゃってた!?

「…………ケ、ケイジ」

「ん…………」

手をひらひらさせながら、戻ってくるケイジ。確かさっき、ケイジが頭突きされた直後、

「もう知らねーからな」

ってケイジが言ったと思ったら、コウヘイくんが後ろに吹っ飛んだ。終了のゴングが鳴っ

ていた。

（ケイジつよ‼）

自分の彼氏をほめるのもなんだけど、ケイジね、強かった。びっくりした！　筋肉すごいね！　って感じだった。ゆとり感想。

そして、咳《せ》き込んで倒れているコウヘイくんを見て、私は一瞬で事態を把握した。

「停学処分になっちゃう‼」

自己保身。

「ケ、ケイジ！　先生が来るまでに行こ‼」

「いやでもコウヘイが……」

「クラスの人が救急車てきとうに呼んでくれるよ！　多分！　とにかく、どうにかしとくから、急いで急いで！」

「シノは腰大丈夫なの？」

「腰よりも名誉が危険だよ！」

「もう停学でいいと思ってる俺がいる」

「いいわけない！　ケイジが休んだら私クラスでポツンじゃん！」

「お前、本当に自分が大事だな……！」

2人で教室を出てばたばたと走る。

「あー……弱いなー、俺」

「エ？　強かったよ。ちょっとびっくりしたよ」

「いや、シノになにかあるとすぐ頭に血のぼるのなー。と」

「エエ……エエ……⁉　あ、ありがと……」

いきなりのキュン☆ワードに照れる。

「もっと落ち着こう。うん。努力します」

「ウン……。ケンカはよくないよ！　暴力反対だよ！　最低だよ！　人として終わってる。もっと反省したほうがいい」

「うるせー！　やられたからやり返しただけだ‼」

「……まぁ私もほら、慈愛に満ちた優しい心をもってる私でも、今回はちょっと……すっきりしたけど……！」

「おう。………慈愛？　シノにそんなのあったのか……？」

「うるさいよ‼　叩くよ！」

「どの口がさっき暴力反対つったんだ‼」

「やだケイジ……こわい……幻聴聞こえてる……」

「おまえー‼」

そのあと、私はコウヘイくんのクラスの真面目なお友達に頼んで、

「コウヘイくんが壮大にすっころんだことにして！」

と言って、裏工作はカンペキに遂行したのだった。ムフー。


高校時代の出来事を話し終えると、静江さんは辛らつな表情でゆっくりうなずいた。

「そう……シノちゃんって……」

「はい……とても辛い思いをし……」

「その時は、まだセックスしてたのね？」

ってエー！　まだセックスレスの話を引きずってる、この女‼

「ホッとしたわ～。やっぱ仲直りのあとのセックスは盛り上がるわよね！　わかるわっ！」

「……あの、感想それ、だけ、です……か……？」

「え？　他になにかあった？」

キョトンと。

「あぁ！　シノちゃんが嫌味言われた話？　だってそれ、自業自得じゃない！　甘ったれて

んじゃないわよ。シノちゃんはもっと人との関わりを持ったほうがいいわよ。だいたい出不精すぎるし、そもそも挨拶の時は笑ったほうが人間関係を円滑する上で……」

「……そうですよねー。すみませんー。はーいー……」

辛い過去話したのに、なぜかお説教される。

「でも、その思い出のコウヘイくんにせっかく再会したんだもの！　運命感じるわよね⁉

えーと……アッ、いたいた！」

静江さんはキョロキョロと周辺を見回したかと思うと、駆け足でどこかへ行ってしまった。

そして、戻ってきた時には、コウヘイくんを連れていた。

なぜ……。

「聞いたわよ？　コウヘイくんって、昔シノちゃんをイジメてたんですって？」

苦笑いを浮かべるコウヘイくんに、静江さんはお構いなしに続けた。

「わかるわー。シノちゃんって喋らないのよね。絡みにくいし！　でも悪口になると目、輝くわよ。さっきも輝いてた！　ちょっと喋ってみてよ」

ちょちょちょちょっちょちょちょちょちょお、あんた！　その流れで悪口て！　明らかにコウヘイくんの悪口‼

コウヘイくんは静江さんに押され、先ほどから苦笑いしか浮かべていない。

「ねぇ、このままじゃ2人とも気まずいままじゃない!?　ここはアドレス交換でもして仲良くなりなさいよ」

「ね？」って静江さんがにっこり笑う。

「そうですね……」

コウヘイくんの相変わらずの猫のような目が、フッと細くなる。

「朝倉さんがよければ、教えてよ」

「は、はい……」

エエエ……私の聖域（アドレス帳）に怖い男子の名前が登録されてしまう……!!　でも断れない……!!（怖いから）

「ありがとう。今度、遊びに行こうね」

「ウ、ウン……」

交換し終わると、携帯をしまってコウヘイくんは、にっこり笑った。

「約束ね」

後々、このアドレス交換と静江さんの超お節介行動により、私とケイジの間にコウヘイくんをめぐる大問題が再び発生するなんて……この時の私は、夢にも思わなかった。

5章　いじめっ子との恋

私は日々、恐怖に襲われていた。

「ヒィー！　コウヘイくんからまたメールだ――――！」

静江さんのお節介のせいで、コウヘイくんと仲直り？　することになり、ここ最近、彼から頻繁にメールが届くようになった。

「へぇー、コウヘイと仲良くやってんのか」

今日はケイジと楽しいドライブ。ケイジが車を運転しながら、私の携帯をちらりと見る。

「仲良し!?　ップー!!　ないない！　はぁ……鬱」

テンションが激しくアップダウンする。

「私、このメールがキッカケで、またイジメられるんだ……今度こそ本格的にフルボッコにされるんだ……ウッウッ」

「んなことねぇって」

「ケイジは全然わかってない!!」

コウヘイくんときたら、表ではニコニコしてるくせに、ケイジのいないところで私に嫌味をちくちく飛ばし、裏では、私のひどい悪口ばかり言いふらしまくりで……！　当時よりお互い大人になったとはいえ、今もどう思われてるのか、わかったもんじゃない！　ブルブル。

その証拠に、この前会った時だって、

『朝倉さん、こんなところ来るんだー？』

「似合わないネー」ってBARにいること馬鹿にしてきたもん！　クソオオオ……!!

でも無視をしたらそれこそ怖いので、私はコウヘイくんのメールに即返信する。

『いまケイジと遊んでるよ(^^)』

この返事で、大丈夫かな……。無難だよね、彼にひんしゅく買わないよね、送信っと……。

はぁぁぁ。

一度でも、返信をしないｏｒ遅いｏｒお怒りを買う内容だったら、どんな事態になるか……。


想像しただけでも……ああ、鬱！

ブブブ、と携帯が振動する。コウヘイくんから早速、返事が来た。

『2人で遊ぶのって、毎回よく飽きないね』

な、なんか不機嫌そうな返事が届いた……！

『うん！　2人して暇だよ！　飽きるよ～』

(とりあえずここは、飽きたことにしとこう……！)

送信！　っと。

『やっぱり飽きるよね（笑）。よかった、俺、もしかして2人の邪魔しちゃってるかな？

って思ってたから』

（全力で邪魔だよー！　よしこれでメールを打ち切ろう）

　決意した私は、

『そんなことないよ☆　気にかけてくれてありがとう☆☆　コウヘイくんとのメールちょうおもしろいよ☆　またメールしてね！　それじゃあね!!』

　相手をほめつつ、無難な返し方をして、メールを終わらせた。自分で言うのもアレだけど、超自然な終わらせ方である。（？）

　本音と建前の使い分けレベルでは、コウヘイくんにも負けないいんだからねっ！

「フー、ヤレヤレ。こわかったぁぁぁ」

「なぁ、コウヘイとシノってどんなメールするんだ？」

　ケイジが楽しそうに尋ねてくる。彼らは高校時代の大喧嘩後も、なぜか親友でい続けたので、親友と彼女（私）が仲良くするのが嬉しかったっぽい。

「どんなって……コウヘイくんの顔色を一挙一動窺って、彼がどのような返事を望んでるか、機嫌を損ねないよう、単語に気を使い、顔文字で場を和ませつつ、絵文字を使い色彩で語調を和らげ……」

「すげぇ努力してることは、伝わった」

「コウヘイくんからメールが届いたら、1秒でも早く返信を心がけてるし、私、努力しすぎてるよね！　エヘン」

「あー、だから、さっきからずっと携帯いじってんのか」

「ウ、ウン、ご、ごめんね……」

デート中なのに、コウヘイくんに気を取られてるのがとても申し訳ない。

「そういや俺たちも、付き合う前はよくメールしてたよなー」

でも、ケイジは気にしていないようだったので、安心した。

「……そうだね！　ケイジから来たメールを、家族に晒《さら》したりしたなあー、懐かしいなー、ふふふ」

「んなことしてたのかよ……」

ケイジが愕然とした。

「だって嬉しかったから、共有しないとコレは☆　と思って」

「……朝倉さんは、もうちょっとやられた側の立場を考えられる人間に育ってくれると、俺としては嬉しいんですが……」

ケイジは何故か声が震えていた。

「つーか、それで思い出したんだけど」

「エッ、なになに?」

「俺がメールを送っても、シノは返事が遅かった気がする。半日後とか。コウヘイとのこの差は一体なんなんだ。まあいいけど」

「……ア、アア――!　それ!　それね、それは違うよ……!」

慌てて手を振って、否定する。

「それはあれだよ!　か、考えてたから………」

「え?」

「真剣に悩んでたの!　ど、どんな風に返事しよーとか、面白いこと書かなきゃ、とか……。だ、だって……ケ、ケイジへのメールだったし………」

私はちょっとムキになりながら、でも後半は、声が消え入りそうなほど、もごもごと小さくつぶやいていた。なんだか恥ずかしくて。

「ああー、なるほど。うん。サンキューな、まあ、今さらお礼言うのもアレだが」

ケイジが嬉しそうに笑ってくれたので、私も嬉しくなる。

「……うんっ」

ラブラブ!　超ラブラブ!　今ラブラブ全盛期!　しかし、このラブラブタイムをぶち壊す事態が発生した。

ケイジの携帯が、着信を知らせて振動する。

『着信：コウヘイ』

「？　あー、コウヘイから電話だ。わりー、シノ、出てくれ。今運転してるから」

「エエーッ、私が⁉」

むりむりコウヘイくんと電話とか……！　ここは、無視して気付かないふりしたほうがいい！　いやでもさっきまで、コウヘイくんとメールしてたし、気付かないのはおかしいかな……！

『アイツラなんで電話でねーんだよ、今一緒にいるんだろ？！　2人共々ウゼェ！　特に朝倉さんウゼーわ　マジウゼー‼』

とか万が一にも思われてしまうかもしれないし……。

頭の中で湧く被害妄想は、もはやトラウマだ。うぅ、とうなりながら、私はケイジの携帯を取ると、耳にあてた。

『よっす、ケイジ。今、朝倉さんと一緒だよな？』

「は、はい……」

『……あれ。この声……朝倉さん？』

「そ、そうです。ケイジは運転中なので……」

メールだとタメ口なのに、電話だと敬語の女。

『今さ、飲んでるんだけど、2人で来ない？』

ぎょっとした。絶対にいやだから。

「い、いきなり、そんな、どうして……」

『さっき2人で遊ぶのも飽きてるとか言ってたじゃん？』

「そ、そうですね……」

自業自得。

「……ひ、ひとまず、ケ、ケイジに聞かないと……」

『え？　聞かないでいいよ。飽きたんでしょ？　いいから来なよ』

そんなの絶対嫌に決まってるじゃない！　コウヘイくんと飲むなんて……！　また嫌なカンジにいじめられるに決まってる!!

怖い怖い!!　あなた怖いんだよおおおお……!!　これは断るしかない！　断るしかない!!　断るんだ、シノ！

「そ、そうですね。行きます……」

雑魚《ざこ》である。

『うん待ってるわ。場所はメールで送るね。んじゃ』

携帯を切ると、鬱モードに拍車がかかった。

「ど、どうした?」

「…………コウヘイくんが今飲んでるから、来てって……」

鬱鬱鬱鬱鬱鬱鬱鬱……。

「…………。俺は別にいいけど」

チラッとケイジがこちらを見てくる。

「シノが…………」

「でも行くって言っちゃったから……」

ドタキャンとかしたら、それこそ……。ガタブル。

車内が鬱オーラに包まれる中（発信源・シノ）、ケイジはコウヘイくんが指定した居酒屋へと車を発進させた。

「朝倉さん、ケイジ、こっちこっち」

居酒屋のお座敷で、胡坐《あぐら》をかきながらコウヘイくんが手を振っていた。けれど、待っていたのはコウヘイくんだけではなかった。

「シノ〜! げんきだった?」

長く伸びた朱色の髪と、耳に無数のピアス。高校の時代と変わらず、派手な服を身にまとっているのは、シモネタキングのリューくんだ。

久しぶりの再会に、思わず笑顔になる。

「わぁぁぁリューくんだぁぁ！　久しぶり！　元気だった⁉」

「元気だったよ！　シノ、大人っぽくなったね！　色っぽくなったし、洋服も可愛いし、完璧だね！」

「ほ、ほんと？」

あのリューくんに、まさかほめられる日がくるなんて……！

「あ、ありがとうリューくん。私、うれし──……」

「じゃあ、早速だけど、やらせろよ」

再会早々、彼のことは空気として扱うことに決めた。

「せっかく思ってもないことを、がんばって言ってやったのに、このクソ女！」

「ちょっとケイジ、リューくん殴って、できれば永遠に眠らせてくれない？」

「お前ら落ち着けよ……」

ケイジが呆れていた。

「あらあら随分にぎやかなのねぇ。あたしもお邪魔していいの？」

妖艶《ようえん》な笑みを浮かべた静江さんが、メンバーを見回しながらそう言った。実はあの電話の後、私が静江さんにお願いして一緒に来てもらったのだった。

だってコウヘイくんと3人で飲むとか、どんな話していいかわからないもんね！　まぁリューくんがいたけど……。

「うおおお!?　シノ、シノ！」

結果、リューくんのテンションがあがりまくった。

「あのシノと違って、美人なお姉さんはなに!?」

「静江さん？　きれいでしょ。へへーン。私の弟の彼女だよー」

「えー！　もったいなー！　おれに紹介してよ！」

「やだよ、リューくんに紹介するとか、静江さんが穢《けが》れるよ。穢れてるけど（？）」

「ねえねえ、頼めばやらせてくれるかな？」

「むりだよ、リューくんだもん」

「シノは、相変わらず冷たいしブスだね。ただでさえ顔が残念なんだから、もっと愛想よくしたほうがいいよ？」

「リューくんは、相変わらず変態だしエロイし、むかつくね！　アッほめてるよ、これ」

「お前ら相変わらず仲いいけど、ここでケンカしないよーに」

ケイジが制して、静江さんがキョトンとした。

「シノちゃんにも、仲が良い男の子いたのねぇ」

静江さんのつぶやきを聞いたリューくんが、ひどく慌てる。

「ち、違いますよっ！　おれが仲良くしてあげてるんです、この恵まれないブスと。そうだよね？　ね？　シノ」

「ケイジ、ちょっとそこの熱いお茶をリューくんに投げていいかな？　テーブルごと！　この時間だけでも気を失ってくれるかなあ?? 永遠に失ってくれるかなあ!?」

「落ち着け、シノ!!」

「本当に仲いいのねぇ。あ、でもコウヘイくんとシノちゃんが、最近は仲良しなのよね？」

静江さんがニコニコしながら尋ねると、私とコウヘイくんが同時に眉根を寄せる。そして、リューくんが「えぇ!?」と叫んだ。

「コウヘイとシノが仲良しなんて嘘でしょ！」

「そんなことないのよ。最近じゃ、メール交換してるのよねぇ」

リューくんが悲鳴を上げる。

「だってコウヘイ、シノのこと大嫌いだったじゃん!!」

場が一気に凍った。

わー☆　空気の読めないところ、リューくんマジ変わってないなー☆

「ウゼーとかキモイとか、あんな暗い女、よく連れて歩ける！　とか、コウヘイよく言ってたよね。ねっ☆」

リューくんのウインクバチコン！　から発生した星は、瞬く間に宙に溶けて消えていった。

「い、いやまぁ、昔はね。今はそんなこと思ってないから」

ばつが悪そうに、コウヘイくんが訂正しかけると、

「わかるわ!!」

なぜか静江さんが同意をした。

なぜ……

「シノちゃんって、ケイジと付き合ってることで際立つのよね。暗さが！　地味さも!!　だからついついバカにしちゃうのよね。わかるわぁ～」

味方の静江さんにボロクソに言われ始めた。

コウヘイくんは「そーですねぇ……」と引きつりながら答えている。

「でもお話しすると、良い子なのよ。コウヘイくんには、そこをわかってほしいわ」

「静江さん……」

突き落としはするものの、最終的にあげてくれる静江さんの優しさにじーんとする。いや、でもできれば最初から突き落とさないでほしい。

「シノが良い子⁉　あひゃひゃ、ないない、ないですよ‼」

その空気をぶち壊すのはリューくんだった。

「シノはあれだよ！　調子のってるでしょ？　ケイジと付き合って。だからムカツくんだよね……。シノに悪気ないかもしんないけど、ムカツくんだよ。生理的に！　こればっかはどうしようもないよ。あひゃひゃひゃひゃ！」

また場が凍った。

「ああー⁉　もう、リューはさっきからテンションあがりすぎだろ！　あんまシノをいじめんなよ！」

「ケイジ……！」

最終的にかばってくれるのは、やはりケイジしかいない……！　ウウッ、ありがとう。

「いじめてないよ別に。おれは本当のことを言ってるんだよ」

「だーかーらー」

「おれは言っとくけど、シノのこと大好きだよ？　だからシノをちょうだいよ。下半身を」

「誰がやるか⁉」

キュン。（リューくんの発言はきもいけど）

しかし、次の瞬間、静江さんが真顔で信じられないことをのたまった。

「1回あげちゃえばいいじゃない」

　一同固まる。

「だってケイジとシノちゃん、ここ最近うまくいってないじゃない。一度離れれば、お互いの良さを実感できるかもしれないし……」

　うまくいってない件については、本人たちが初耳だった。

（え？　うまくいってなかったっけ……？）っていう疑問を、お互いアイコンタクトで示し合った。

「そうなの？」

　コウヘイくんが驚いたように尋ねると、静江さんが大きくうなずいた。

「そうなのよ。最近じゃ2人は触りもしないのよ……。つまり、セックスレスってやつね！」

　それかー!!　長いなーその話。ひっぱるなーその話!!

「レス!?　なんてもったいないことしてるんだ！」

　リューーくんが悲鳴に近い声をあげて、ケイジを睨みつける。ケイジは、しばらくリューーくんを半眼で見つめたあと、

「コウヘイは最近、調子どーよ。彼女とうまくいってんのか？」

スルーした。

「あああ、まぁね。順調だよ」

リューくんがお座敷をゴロゴロのたうちまわった。迷惑極まりない。

「おれだったら毎日やるのに！　レスなんてありえないのに！　毎日毎日ずこばこずこばこおおおおおお」

「この子、うるさいし下品だしで、迷惑ねぇ」

静江さんが、心底嫌そうな顔をした。

「セックスレスなんて、もったいないよ！　神への冒瀆《ぼうとく》だ！　おれは誰とでもできるよ、ブサイクのシノとでも」

リューくんが唐突に、ガシィ！　と私の両肩をつかんだかと思うと、

「ギャァッ⁉」

押し倒してきた！　私に馬乗りになるリューくん。

「その証拠を見せてあげ……ブフーッ」

ケイジが、間髪いれずリューくんを蹴飛ばした。

「いたい！　信じられない、DVだよ、これは。暴力だ！」

「この場合は、正当防衛だ！」

「ちょっとした冗談なのに……」

「冗談でもやっていいことと、悪いことがあるだろ!!」

「ウワーン、リューくんまじ頭おかしいよー、こわいよー」

ほふく前進でリューくんから逃れると、コウヘイくんの近くに来てしまった。顔をあげた瞬間、目が合う。

「朝倉さんって……」

「え？」

背後では、ケイジとリューくんが騒いでいる。

コウヘイくんは、ポケットからタバコを取り出し、火をつけた。

「ケイジとうまくいってないの？」

「あ、いやぁ、そうゆうワケじゃないんですけど……」

静江さんめ、余計なことを……

目をそらしながら答えると、コウヘイくんは首をかしげた。

「ねぇ、なんで俺には敬語なの？」

「あの、えーと……」

「朝倉さん、メールだと明るいじゃん？」

リアルが暗いみたいな言い方された。いや事実ですけども。

「き、緊張しちゃって。コウヘイくんだと……」

「そっか～、別にしなくてもいいよ」

「ははは。えっと………」

沈黙してしまった。

ってウワアアアー、このままじゃ話題終わる！　昔みたいにつまんないとか言われる！

な、なにか話題は……！

「か、彼女いるんですね！　コウヘイくんって!!」

「ああ、うん。いるよ」

「そ、そっか～、そうなんだぁ……」

ねぇ、ほんと、あは………。

再び沈黙になりかけて、ポロッとつぶやいた。

「……ざ、残念だな……」

コウヘイくんに惚《ほ》れてしまう子がいるなんて……

もうね、その子に教えてあげたい。本当に彼でいいの？　って。コウヘイくんは、本当はちょー怖いよ！　嫌味ばっか言ってくるよ！　心のＤＶ!!　あ、でも彼女には優しいパターンかもしれないよね。「がんばれー」と応援するべき……？

「残念……？」

つぶやきが聞こえたのか、コウヘイくんが驚いたように聞き返してきた。

「え？……あ！　ご、ごめんなさい……！」

やべー！　私ってば、今、失礼なことをさらっと声に出してた！

危ない危ない。フーッ。

（とにかく話を終わらせてはいけない、いじめられる!!）

そう思った私は、ばんばん質問することにした。

「コウヘイくんの好きなものってなんですか!?」

「コウヘイくんは、休日なにをされてるんですか？！」

「コウヘイくんは、彼女とどれくらい付き合ってるんですか!?」

ほんとはコウヘイくんが休日になにしてよーが、わりとね、どうでもいい。全然興味ないんだけどね。

かつてのような状態にならないため、一生懸命頑張った。嫌味言われないよう、頑張った！

結果。

「朝倉さんって、俺に興味あるの？」

って、コウヘイくんに聞き返された。

「もちろんだよ！」

私はひたすらコクコクうなずいた。

あ、ひょっとして、質問しすぎて、ウゼーと思われたのかな……。

「……そっかぁ。ふぅん」

予想外にコウヘイくんは照れているようだった。

（アレ？）

コウヘイくんがとても嬉しそうに笑ってくれている。

（よ、よかった。怒らせなかったみたい……⁇）

この飲み会以来、コウヘイくんから毎日メールが来るようになった。

もちろん私はすぐに返事をする。（怖いから）

「……なぁ」

ケイジが、私とコウヘイくんのメールのやりとりを見た感想はこうだった。

「シノってメールだと、コウヘイに対する人格ちがくね？」

「当然!!」

私はえらそうにのたまった。たしかに人見知りで口下手である。でも、信じられないことに、

「文章だけなら強気でいけるんだぜ、ワハハハハー!!」

私は、とても痛々しい長所を持っていた！（長所？）

「ムフムフ。まぁ、文面と、実在の私との性格の差は、つっこまないでね」

「つっこめねーよ……」

ケイジはものすごい呆れ顔をしていた。

「でも、まー、飲み会のときは、2人でよく喋ってたじゃないすか。楽しそうに盛り上がってたし。安心した」

どうやら2人の様子を見ていた見当違いな感想を述べてくるケイジに、私は盛大なため息をついた。

「なにゆってるの……！　私、がんばったんだよ」

「またかよ」

「話を終わらせないため、質問しまくって。コウヘイくんが答えるたびに、キャバ嬢のお姉さんよろしく『すごーい！』『さすが！　カッコイー！』とか相槌うちまくったんだよ！」

「もっと普通にしろよ……。なんかコウヘイ可哀想だろ」

「あと、私の天才的な洞察力により判明したのは、ケイジを下げてコウヘイくんをほめると、喜ぶっぽい、コウヘイくん！」

自信満々に私はひどいことを言う。

「ほーう？　たとえば」

「コウヘイくんすごいねー！　ケイジなんて全然だめだよー！　コウヘイくんさすがー！　ケイジに見習ってほしい～☆　コウヘイくんが一番カッコイー！　みたいな？　すごい喜ぶ」

「おおい!?　俺のどこがコウヘイより劣ってるんだ、ちくしょう。悔しいぞなんか」

「たとえば、コウヘイくんは彼女をフランス料理店に連れて行くけど、私はお手軽ラーメン屋に連れて行かれる、みたいな」

「フランス料理か……理解できねーんだよな。でもまぁ、シノが行きたいっつーなら」

「私も私も！　アレなにがおいしいのかな！　私、庶民舌だからさぁー」

きゃぴるん☆

「じゃあ、いいじゃねーか！」

「だからあくまでケイジを下げてれば、コウヘイくんが喜ぶからそうしただけなの。ていうか、コウヘイくんと交流する際は、いかに彼が喜ぶ言葉を返せるかが勝負なの。いじめられないように!!」

　ほめられもしないことを力説した。

「まー、あくまで俺とコウヘイは友達でもあり、悪友でもあり、ライバルでもあるからな。そうゆうこともあるんだろう。うん」

「へー、ライバルとか熱いね。熱い熱い。時代を感じる」

「シノは俺に対しても、もうちょっと喜ぶ言葉とかを考えてくれるとうれしいんですが!?」

「だってケイジだもん。アッ」

　振動する携帯。ケイジのライバルから、再びメールが届いた。

『朝倉さん、俺でよければ相談に乗るから、なんでも話してね』

「そ……相談……？」

(特に今はないなぁー悩みごと……)

　私は携帯で文字をカタカタ打つ。

『さすがコウヘイくん！　ありがとう、嬉しい！

　困ったことがあったら、一番に相談するね♪』

　無難な返事をしといた。するとすぐに返事がきた。

『今もあるでしょ？　隠さないでいいからね』

エ……な、ないんだけど……。どうしよう、これは悩みごと作るべき⁉

『コウヘイくんスゴイ！　よく悩みがあることに、気付いてくれたね！　うれしいな！　じゃあ今度会った時に話すね♪』

（とりあえずほめつつ、先延ばしにしとこう……。会うこともないだろうし……！）

こんな感じで、コウヘイくんと頻繁にメール交換をする日々が続いていた。

私はこの時、まったく気付いていなかったのです。

まさか私が、
コウヘイくんを　好き　になっている、だなんて——。


「今日はライバルと遊んでくるんで、またな」

「はーい、気を付けてね」

とある休日、ケイジはコウヘイくんと遊びに行き、暇な私はベッドで寝ることにした。寝ることが一番の幸せです。

さらに言うなら、ケイジと一緒にお昼寝するのが、一番好き。で…………スピースピー。

しばらくすると、着信を知らせる携帯の振動音で目が覚めた。

「はぁーい……？」

ふわぁぁぁ。寝ぼけまなこで起き上がり、携帯を手に取る。

『朝倉さん？　今、ひょっとして寝てた？』

まさかこの声は……!!

「コ、コウヘイくん……？」

『そうだよ。今、ケイジたちと飲んでたんだけど、おいでよ？　静江さんもいるよ』

「え、まじ……！　私だけ仲間はずれ……！」

っていうか、静江さん馴染むの早いな、おい！

『今から俺が迎えに行くねー。もう着くよー。んじゃ』

「む、迎えに？？………？？」

理解できなくて数分経過し、おそるおそる確認のため、窓から身を乗り出すと、下でコウヘイくんが手を振ってる。なんと、コウヘイくんが、家の前まで車で来てくれているのだ。

「朝倉さーん」

コウヘイくんが笑顔で手を振っている。

「い、今、行きます！」

慌てて着替えと化粧を済ませ、家を出る。

「ご、ごめんなさい、お待たせしました！」

「こっちこそ、急でごめんね～」

助手席の扉を開けながら、コウヘイくんが「どうぞ」と座るよう促す。一礼すると、コウヘイくんの車の助手席に、おずおずと座った。

「駅前でみんな飲んでる。すぐ着くよ」

「は、はい……」

車内はとても静かだ。気まずい……。

「で、悩みごとってなに？」

コウヘイくんが唐突に切り出した。

「……エッ？　なやみ……？　悩みって、な……」

（あ、ああ――！　この前のメールの件だ……!!　ど、どうしよう、考えてなかった。エエと……そうだ！）

「あ、あのね、コウヘイくんには彼女がいるのに、メールしてるの申し訳ないな、って思ってたんです……それに悩んでいて……！」

普段ちょっと気になっていたことを、相談っぽく切り替えた。とっさのこの判断！　スゴイ！　自分を尊敬した、今。

「ああ、気にしないで。俺らそうゆうの気にしないし、お互い。ドライな関係だからさ」

「そ、そうなんですね！……ふぅ、（相談できて）よかったー」

無事に切り抜けられて、ホッと一息つく。

「本当にそれが悩みなの？」

「エッ？」

「もっと言いたいことあるんじゃないの？　実は」

ってェ――！　切り抜けるどころか、彼はもっと上位の悩みを待っている！　ど、どうしよう……。ないない、ないよー！　ちょっと思いつかないよ！　悩みなんてないんだもん！

「つまりさぁ、朝倉さんは俺とメールしたいんでしょ？」

ちょっと意味がわからない。

「はっきり言っていいよ。俺の彼女のこと気にして、俺とちゃんとメールできないのが悩みなんだよね？」

「そ、そう……ですね……」

……………⁇　まぁ彼がそのように望んでるのなら、そのように無難に返しとこう！　ウン！　ちょっとよくわかんないけど！

「あと、ケイジとは、うまくいってないんだっけ？」

「え、ウウン、そんなことな……」

「俺には本当のこと話してよ」

わかった。これは、あれだ。私の直感が言う。彼は、『うまくいってない私たち』の、話をしたがっている！

「そ、そうだね、うまくいってないかもしれないです……☆」

ケイジが、私にジュースおごってくれないとか、そういうレベルでだけど。

車は走り続け、目的の居酒屋を通り越していた。私は動揺した。

「あ、あの、どちらへ……」

「朝倉さんを連れて行きたいところあるんだ、いいよね？」

居酒屋に連れてってー!!

走り続けること20分弱。コウヘイくんが車を停めた場所は、夜景がよく見える、街の高台だった。

「どう？」

コウヘイくんが感想を求めてきた。

ど、どうって……。彼は夜景を見せにきたのだ。

反応はひとつに決まっている。

「きれい、ですね……」

「…………」

つまらなそうな顔のコウヘイくん。

「わ、わぁぁー！　すごくきれい！　こんなきれいな夜景みたことない！　涙がでそう！　キレイすぎて！　こんな素敵な場所に連れてきてくれてありがとう！　感動した！」

とても満足そうな顔のコウヘイくん。

ゼィゼィ、フー、助かった……。

たしかに夜景はきれいなんだけど、なぜコウヘイくんと……？

「ここきれいでしょ。ケイジとうまくいってないことなんて、ちっぽけな悩みになるんじゃないかな……ってね」

「あ…………ありがと……」

私のさらっとした反応に、コウヘイくんが再びつまらなそうな顔をした。

「わわわわ私！　この夜景をみて、ケイジと過ごした楽しい思い出がよみがえって、ケイジを愛しく感じてきたよ!!　これも全ての夜景とコウヘイくんのおかげ、ありがとう!!」

どう!?　どう!?　模範解答でしょ!!

でも、コウヘイくんは首を振った。模範解答じゃなかったらしい。

「無理しないでいいんだよ、朝倉さん」

無理?

「俺からのアドバイスだけど……辛い恋なら、振り切って新しい恋に挑んでみたら?」

………。

……What?

ケイジと別れろってこと……? な、なんで急に……!? あっ、ケイジに「朝倉さん、こんなこと言ってたぜヒソヒソ」とか言うための、関係ぶっこわす罠《わな》か!? コウヘイくんならやりかねない!

「………ここ、風が気持ちいいんだよ」

私の疑問を無視し、車の窓を開けて、コウヘイくんはグッと腕をのばした。

のびをするコウヘイくんの腕が、不自然に私の肩に降りてきた。

気付けばコウヘイくんに肩を抱かれてるみたいな格好になる。

そして、コウヘイくんが私へと向き直る。

「新しい恋に挑むの、怖い?」

目を細めながら、私を見つめ、そう問いかけてくる。

「エット………」

私、鈍くない、私、気付いた。

（ままさか、これ、私、口説かれているんじゃ……）

いやいやいやいや、落ち着け、朝倉シノ！　ありえない！　かつてコウヘイくんにいじめられてたことを思い出せ！　むしろこれは口説かれてるというより、先ほど感じた、ケイジとの仲をぶち壊されようとしている、というほうが正しい気がする！　コウヘイくん彼女いるしね……！

「や、夜景きれいだねー!!　でもみんな待ってるよね……？」

私は勇気を振り絞ってコウヘイくんの言葉をスルーした。それから夜景を見るふりして身体をひねり、コウヘイくんから離れる。

「………だね。行こうか。さっきから携帯うるさいし」

何度も振動するコウヘイくんの携帯は、ケイジからの着信のようだった。コウヘイくんはにっこり笑って、車を発進させた。

居酒屋の前で、ケイジが携帯片手に立っていた。

私たちの姿を見つけると、「コウヘイおせーぞ！」と駆け足で近寄ってきた。

「事故にでもあってんじゃないかって、心配したじゃねーか」

「ああ、悪い悪い。心配させました？」

「コウヘイは正直どうでもいいが、シノが乗ってるからなー」

「ひでぇな。ちょっと2人で出かけてただけだって。夜景を見に」

　コウヘイくんがうっすら笑った。

「夜景……？」

「ウ、ウン。あのねケイ……」

　慌てて説明をしようとしたら、コウヘイくんが私の言葉を遮《さえぎ》る。

「おかげさまで、かなり仲良くなったよ、朝倉さんと」

「へえー、そりゃいいことだ」

「これからも借りていい？　2人っきりじゃなきゃ話せないことあんだよね。ケイジとの関係に悩んでるって言うから、相談に今、乗ってるとこ。だよね、朝倉さん？」

　ケイジが目を見開いた。私も見開いた。

（ヒイイイ、この人なんてこと言うの!!）

　事実だけど、真実じゃないというか！　ウワーン、やっぱり関係をぶっ壊そうとしてるに違いない!!　今度はこうゆう手段できたかコノヤロー!!

「そりゃどーも」

ケイジはそう言うと、私の腕をつかみ、

「静江さん待ってるし、さっさと行こうぜ」

コウヘイくんを置いて、引っ張るように居酒屋へ入っていった。

「ったく、遅いわよ、あんたたち!!」

静江さんは、既に出来上がった状態で待ってた。リューくんなんて半裸だ。

「ひでーなぁ」

遅れて入ってきたコウヘイくんと共に、騒いでいる2人を見守ることにした。(別名:他人のふり)

「つーか、この3人で揃うの、久しぶりじゃねぇ?」

「あ、そういえば……」

コウヘイくんが切り出したのをきっかけに、思い出が頭によぎる。

最後に3人が揃ったのは、たしか高校時代……。

「ねぇねぇ、朝倉さんにケイジ。ちょっと俺に付き合ってくんね? 1人より3人で行ったほうが確実な気がするから」

あの大喧嘩のあとに、借金回収をコウヘイくんから頼まれた。

「エー、そんなの嫌に決まってる！　なんで私が……ハッ!!」

アレ？　でも待って？　ここでコウヘイくんの点数稼いどけば、今後ずっとイジメられないかも……。

「あー？　俺は別にいいけど、シノは来なくてい……」

「行く」

即答だった。

「は？　だめだ、シノは来な……」

「行く」

即答なのだ。

「だから」

「行く！」

ケイジの気遣い無駄無駄無駄ァァァ!!

「……。もういいです。つーか、その前にコウヘイは30万回収できんのか？」

「当たり前」

コウヘイくんはにっこり笑った。

そして、いじめられっ子くんの家に着くなり、ガシャーン‼　と扉を蹴っ飛ばした。

「ウラァァァ‼　でてこいや――――‼」

扉ガンガン‼　蹴りまくる！

どうみても、そういった業者のコウヘイくん。

「ここここここわい‼」

「……だから言ったろ。シノは下がって」

「そうする！　ケイジ、私の前に立って盾となって‼」

「…………」

ケイジと私の会話中もコウヘイくんの蹴りは止まらない！

「オラァでてこいや‼」

「うるせぇぞ‼」

扉が大きな音を立てて開かれたと思うと、いじめられっ子のお父さんが登場した。

「なんだおまえら‼」

「あぁ⁉　てめぇの息子が借りた金かえさねーんだよ‼」

「あぁぁ⁉　いくらだ‼」

「あぁ⁉　んなの決まってんだよ‼」

（コ、コウヘイくん！　むりだよ！）

30万！　そんな法外な額、無理に決まっ……！

「3000円だオラアアア‼」

ってアレ――！　しょべえええええ――‼

コウヘイくんもさすがに恥ずかしかったのか、

「……い、いや、とりあえず貸した金だけは絶対返してもらおうと思って……」

小声でぼそぼそつぶやいていた。そうしてお父さんからお金を受け取ると、さっさと帰ってしまったのだった。


「ッブ――‼」

過去の出来事を思い出して、私は噴いた。

「あれ、おかしかったー！　コウヘイくん可愛すぎて、ほんとおっかしアハハハハ」

ヤバ！　笑っちゃった！

恐る恐るコウヘイくんを見ると、

「……朝倉さん、ようやく笑ってくれたね」

コウヘイくんが嬉しそうに、目を細めていた。

「そ、そりゃ笑うよ――、私だって」

「そっか、よかった」

とても優しげに笑うコウヘイくんに、戸惑う。

「あ、あの……」

ガタッ、とケイジが唐突に立ち上がった。

「シノ、もう時間だから帰るぞ」

「エッ？」

「俺たちはもう帰るんで、残ったやつらで楽しんでください」

「あぁーん、ケイジ帰るのはやぁい～」

「え？　はやいの？　あいつ？　そうろう？」

リューくんのひどいシモネタを後ろに聞きながら、既に出口に向かっているケイジに慌てて付いて行く。

3人に手を振って、急いでお店をあとにした。お店を出ても、ケイジはスタスタ歩き続けるので、追っかけるのに必死だった。

「ケ、ケイジ……？」

（ど、どうしたんだろ。怒ってる……？）

……あ!!　そ、そういえば、さっき、『ケイジとの関係に悩んでる』件の誤解といてなかった!!　アワワワワ！　それだー！

「あああ、あのね、さっきのはね、違うの！　悩まなきゃいけない空気だったから、空気を読んだっていうか！　私はケイジとの関係に全く悩んでないからね!!　きっとあれはコウヘイくんの罠で、私はハメられて……!!」

必死で弁解する。通じろ、この想い。

「相変わらずガキだなー、俺……」

予想と違うケイジの反応に、しばし目をパチパチした。

「シノとコウへイのメール容認しといて、2人が仲良くなると焦るとか、どんだけ器量ちっちぇーんだ、って話だよなー」

「……？…………まさか、やきもち??」

「うん」

ストレートにうなずかれた。

「ややややきもち!!　ケイジが認めるなんて、どどどうしたの!!」

キュウゥウン――。

普段は、「妬いてねぇ！」って反発してくるのに……！

「まー、露骨に態度に出たから、潔く認めることにした」

「ケケケ、ケ、ケイジ……！」

キュンキュンキュ――――ン。

「私、コウヘイくんとメールやめる！」

恐怖からコウヘイくんとのメールやめるの怖かったけど、ケイジのためにメールしない！

愛の勝利！

「あー、いや、別に、シノを束縛したいわけじゃないんだが」

「私は束縛してほしいの！　がんじがらめにしてほしいの!!」

「あ、そうですか……」

「束縛という名の極厚の鎖で、私を縛って、コウヘイくんとの間に、１００メートル以上の溝を作り、さらに鉄壁を用意して、もう二度と私とコウヘイくんを仲良くさせるなんてひどいことしないでね！」

コウヘイくんのこと、苦手すぎた。

「そんなに嫌だったのか。うーん、まぁシノが不満に思わないならいいんだけど」

むしろ光栄です！

「つーか、別にシノを信じてないってわけじゃねーぞ？　うん。束縛しといてこの言い分はアレだが！」

「ウ、ウウン……！　束縛させたの私だし……！」

もじもじ。

「……。あと、あの、何度も言うけど、別にケイジとの関係、悩んでないからね……」

すごく気にしていたので、もう一度強く言った。

「まぁ、シノのことだから、流されて言ったんだろーなーとは思ったが。だってシノだし」

呆れ気味に、でもちょっと優しく、ケイジは笑った。

「さすが！　私のことわかってくれてるのはケイジだけだよね！」

「だてに付き合い長くねーからな！」

その後もコウへイくんからメールはちょくちょく届いたが、

「私は愛にいきるコウへイくんなんて怖くない愛愛愛愛」

を呪文《じゅもん》に、

『忙しくて、お返事できないです。ごめんなさい』

という返信をして、コウへイくんとの関係を終わらせたのだった。

それからしばらく経ったある日のことだった。

メールをぽちぽちケイジに打っていたら、コウヘイくんから電話があって、偶然出てしまった。

『朝倉さん？』

（ギャ、ヤバ）

「あ、おおお、おひさしぶり……です……」

『最近メールないなーと思ったから、どうしたの？』

「エット……あの……い、いそがしくて」

『ん？　ケイジとはよく遊んでるって聞いたけど』

「嘘つくなよ？」っていう声色に、身をすくませる。

『まぁいいか。今、朝倉さん暇でしょ？』

唐突なお誘いだ。

『今ね、静江さんとリューの3人で飲んでんだけど』

仲いいな、この3人。

『……来るよね？』

「え、う、うーん……その……いそがし」

『ていうか、ごめん、実はもう朝倉さんの家の前でさ』

　窓から覗くと、マンション下にコウヘイくんの車が止まっていた。車窓から静江さんがひらひら手を振っている。

「あの人なにやって……！」

　静江さんが、コウヘイくんから携帯を渡されていた。

『もしもーし、シノちゃん？　来なさ〜い』

　アワワ、この人なに言ってんだ。

「し、静江さん！　あのですね、そもそも私、コウヘイくんは苦手でして……！　彼から距離をとりたくて」

『昔の話でしょ？　いつまでも引きずってるんじゃないわよ。さっさと降りて来なさい！』

「ううう、でも」

『早く！　怒るわよ‼』

「ヒー！　は、はい、わかりました……」

　静江さんには逆らえない……！　結局、静江さん、リューくん、コウヘイくんのメンバー4人で飲むことになってしまった……。

到着した居酒屋は、普段使っている大衆向けの居酒屋ではなく、雰囲気が少し大人っぽいお店だった。

「ココ、雰囲気よくて好きなのよねぇ」

静江さんが、薄暗い奥の席へ座る。私の予想に反して、このメンバーでの飲みは大いに盛り上がった。

たしかに、こうやって交流しているうちに、私のコウヘイくんへの苦手意識は、昔よりは薄まっていった。

「静江さん、そろそろ」「そうねっ」

リューくんと静江さんが、2人でこそこそ話し合いをしている。

「どうしたんですか？　2人……」

なんとなく、嫌な予感。

「あたしたち、ちょっとコンビニへ行ってくるわね」

「え!?　ちょ」

止める間もなく、リューくんと静江さんがお店を出て行ってしまった。私とコウヘイくんと2人きりになる。

（うそでしょー！）

向かい合って座っていると、コウヘイくんへの薄まった苦手意識が、再び蘇ってくる……。

「朝倉さん、緊張してるの？」

コウヘイくんが察してくれたようで、「ウン」と強くうなずいた。

「俺も」

「え？」

「なぜあなたが？」と目をぱちくりした。

「俺、朝倉さんに言わなきゃいけないことがあってさ」

「は、はぁ……なんですか？」

「彼女と別れたんだよね」

まず思ったことは、それのどこが言わなきゃいけないことなんだろう……ということだった。

「え……そ、そうなんだ……？　わー、びっくり……。ど、どうしてですか……？」

コウヘイくんがジッと見つめてきた。

「――別れた理由、知りたい？」

「え……あ、はい!!　とても!!」

間違いなく話したそうなので、私は期待に応えようと何度もうなずいた。「興味津々です！　その話題！」みたいにアピールした。

コウヘイくんは私をじっと見つめていた。ずっとずっと見つめてきた。

あまりに見つめられるものだから、目をそらせずにいたら、コウヘイくんは、ゆっくりと口を開いて、そして、

「好きな子できたから」

私を見つめながら、そう言った。

「…………………へぇー……………………」

好きな子ねー。へぇー。誰だろー。アレー、なんかこれ私のこと、見すぎじゃないかなコウヘイくん。アレー。

「……………へぇ…………へぇ……」

汗が、顔から、手から、全身から噴射して、だらだら流れてくる。

私、鈍くない。私、気付いてる
まさか、本気で、私、口説かれ……。

「そ、そうなんだー！　コウヘイくんに好きな子かー！　きっと可愛い子なんだろうなー。可愛いってイイね！　ところで、おなかすいたね、なにかたべる⁉」

お店のメニューを取ろうと手をのばすと、私の手にコウヘイくんの手が乗った。

え――！　あわわわ

「この前ね、ケイジにね、『2人がうまくいってないなら、俺が朝倉さん狙っちゃおうかな？』って言ったんだ」

「そ、そうなんだ……」

手！　手！　手!!

「ねぇ、どうする？」

手がどいてくれる気配はない。

「朝倉さん、知ってる？」

コウヘイくんがニコリと笑った。

「男女の友情が、恋愛に変わる瞬間の0・5秒は、すごく気持ちがいいって」

「…………」

コウヘイくんが、一時も目をそらさず私を見つめていた。

「あああの……ご、ごめん!!　なんか急におなか痛くなってきた!!　トイレ行ってきていいかな!?」

この空気に耐えられなくて、返事も聞かず急いで立ち上がり、ダッシュでトイレに駆け込んだ。

「どど、どうしよう……!!」

心臓はばくばくと鳴っている。

「私、本気で口説かれてるかもしれない……!!」

でも、コウヘイくんは、私をいじめてたはずなのに!! きっかけはなに!? なんなの？ リューくんと静江さんが、帰ってくる気配はない。こうなることを知ってて、あの人たち、気を利かせたんだ。でも気の利かせ方がおかしい！ 静江さんは味方だと思ってたのに!!

「に、逃げよう」

男に言い寄られる免疫力ゼロの私は、急いでケイジに電話した。

『シノ？』

「ケ、ケイジ!! い、今、コウヘイくんといるんだけど」

『は？』

「ごめん！ せっかく束縛？ してくれたのに、その、静江さんたちもいるから飲みに行くことになって、でもあの、2人いなくなっちゃって。それでコウヘイくんになんか、なんか……!! すごく気まずい雰囲気で……」

『どこにいる？』

焦るケイジの声が聞こえる。

「ど、どこだろ。雰囲気のいい居酒屋なんだけど……」

そもそも、雰囲気がいい時点で気付くべきだった！

「駅前から、ちょっと外れた道で、中世の酒場みたいな入り口で」

『わかった！　今から迎えに行く。30分くらいで着く！』

「ウウ、ウン……！　30分ね……！」

電話後も、ひとまずトイレで時間を潰すことにする。

（ウンコのふりしよう。幻滅してくれるといいな！）

私はトイレでかなりの時間をかせいで、コウヘイくんの待つ席に戻った。

「お、お待たせしました……」

「ずいぶん、遅かったね」

「ウ、ウン…………おなかゆるくて！」

コウヘイくんが苦笑する。幻滅作戦は成功した。

「ねぇ朝倉さん」

「はい」

「俺に全部さらけ出してくれるほど、親しくなったって考えていい？」

大失敗だった。

「朝倉さんのこと、なんて呼んだらいいのかな。〝さん〟付けは、いつまでも他人行儀だし」

「ど、どれでも……豚でもデブでもブサイクでも、なんとでも」

「シノでいい？」

だめです。なんて言えない……。ど、どうしよう、ほんと、どうしたらいいの！　男のあしらい方マニュアル本とか読んでおけばよかった。ていうか、なにこれ、私、モテてるの？　これ、口説かれてるの⁉

なにも返事をできないでいると、コウヘイくんが私にメニューを差し出してきた。

「なにか飲む？　酔っちゃおうか、2人で」

その時、ケイジから『もうすぐ着く』というメールが届いた。心底、安堵した。

「あ、あの、し、静江さんたち戻ってこないし……。わ、私、ケイジが迎えに来るから、帰るね！」

一瞬、コウヘイくんは目を細めた気がするけど、

「そっか。わかった」

すぐに、にっこり笑ってくれた。

「外まで、送るよ」

コウヘイくんとちょっと距離を置きながら、私は足早でお店を出た。

「あ、あの送ってくれてありがとうございました……。じゃ、じゃあね、わたくしめは、行きますのでね……」

ケイジ、どこにいるんだろ、ときょろきょろと周囲を見回す。

「朝倉さん」

グイッと右腕を引っ張られた。声をあげるまもなく、ドン！　と壁に背中を押し付けられる。コウヘイくんが壁に手をついて、私の進路を塞いだ。

「…………え？」

「返事、きかせてもらってないよ」

「――――――」

激汗噴射。

「あああの、……いい、いつから」

「いつ？」

「だって、コウヘイくん、私のこと嫌いだったし……！」

「そうゆうのって時間が解決しない？」

し、しねー！　いじめられた側は特に!!

「それになに言ってんの？　朝倉さんが俺を好きなんでしょ？」

まさかのお言葉を頂戴し、自分の耳を疑った。

「朝倉さん」

彼の顔が、ゆっくり近づいてくる。

「コウヘイく……」

そっか、恋は突然だもんね。私は気付かないうちに、ケイジじゃなく、コウヘイくんを好きになって——。

ってそんなわけあるかー!!

ギャー! これはキケンー! これは、チューされる!!

「わ、私、ケイジが好きなので!!」

はっきりとそう告げるとコウヘイくんが驚いたように目を見開いた。

「? うそ。朝倉さんはてっきり、俺のこと好きなんだと思ってた」

「……はい?」

超混乱した。なんでそうなってるの?

「ケイジとも、うまくいってないって言ってたし」

それ言い出したのは、静江さんである。

「俺のこと誘ってたし」

いつ？

「すごい好意丸出しだったし……」

いつ？

「なんだよ、違うんだ。あ〜、俺、血迷ってんじゃん。勘違いもはなはだしいなぁ」

どうやらコウヘイくんの中で、「私がコウヘイくんを好き」になっていたらしい。

「ご、ごめんなさい……」

一応謝罪した、ものの、………なんだこれ！　私が悪いのか！

「いや、うーん。ねぇ……」

すごく気まずい、この空気。

「……あ、来ちゃった」

え、と顔をあげると、コウヘイくんの視線の先には、ケイジがいた。ケイジからも見えたと思う。壁に押し付けられている、私の姿。

「なにしてんだよ」

低く、威圧的なケイジの声。

コウヘイくんがケイジに向き直り、すっと腕を離した。

「なにしてたように見えるよ？」

バカにしたような口調だった。

「シノに手だすなって、何度言えばわかる？」

「今回は、違う意味の手だろ？」

ピリッとした一触即発の空気。

「それに、勘違いすんじゃねぇよ。誘ってきたのは朝倉さんだし」

私を指しながらコウヘイくんは言った。

ちちちち、ちがう、ちがう、ちがう!! と私はぶるぶると首を横に必死に振った。ケイジしか誘ったことない！（？）とぶるぶる。

「シノに触んな」

「ああ、ごめん。もうとっくに色んなところ触ったけど」

コウヘイくんは挑発たっぷりに続ける。

たしかにさっき、手触られてたけども!!

「アァ!?」

久しぶりに聞く、ケイジのブチギレ口調。

ど、どうしよう……私を求めてケンカが起こってしまった。

ワーイ、私ってばモテモテー。えへへー

ってこれ嬉しくない‼　誘ってないし！

「ちが、ちがうよケイジ！　なにか巨大な誤解が生じてる。すべてにおいて‼」

「誤解じゃないよ、朝倉さん。少なくとも、俺の気持ちは」

腕を引っ張られ、キスされた。

「――――――」

というところで、私の天才的な反射神経により、かすっただけだった。唇ちょっと過ぎた横のほう、ほっぺ。欧米だったら挨拶の部分。

「あああ、アブなー‼　あぶなあああ‼」

セーフ！　セ――――――フ‼

「残念」

カラッとコウヘイくんが笑う。

その直後、ケイジが、コウヘイくんの胸ぐらをつかみ、壁に叩きつけた。

「ケンカ売ってることは理解した」

丁寧な口調だったが、とてもとても低い声だった。

「これくらい許せよ、どうせ俺はフラれたんだから」

「はあ？」

「はは。ケイジ、気を付けろ。朝倉さん、まじ悪女だから。俺が何度誘われたか」

さ、誘ってない！　誘ってない！　とぶるぶる。

「余計なお世話だ、タコ」

ケイジはそう言ってつかんでいたコウヘイくんの手を、ペシッと払う。

「……そう。まぁいいけど」

コウヘイくんは、ポケットからタバコを取り出し、火をつける。

「ごめんね、朝倉さん。俺の全部、勘違いだった」

最後に、いつものように私にニッコリ笑って、コウヘイくんはお店の中に消えて行った。

「……。……ふー、よかったー。ドキドキしたー。2人がまたケンカしちゃうと思っ……ギャ！」

今度はケイジに腕を強く引っ張られたかと思うと、ずるずる引きずられ、車の中に押しこまれた。

「誘った？」

継続する、ケイジくんの低いお声。

「さ、誘ってない。ウソつかない。私」

ぶるぶる。

「だだだっておかしいよ、これは罠だよ。私メールしてただけだし。なんでこんなことになってるか、わからないし」

もう涙目ですよ。

「コウヘイくんが怖くて媚《こ》びてただけなのに……」

…………。

…………。

（それじゃね？）ってお互いの目が言ってた。

携帯を開き、コウヘイくんに送ったメールを2人で確認する。

『コウヘイくんって本当にカッコイイね！　尊敬するなあー。そんな人が彼氏だったら毎日が楽しいよね♡』

『素敵！　本当に素敵すぎるよコウヘイくん』

『コウヘイくんの彼女は幸せものだね。うらやまPー♡』

他にも、会うたびになにかコウヘイくんの機嫌を取るために言ってたような……。

「ででもさ、これで勘違いするのもあれだよね？……ね！」

「シノ……」

「違うもん、私わるくないもん」

首ぶるぶる。

「ちょっと説教していいよな？」

「やだ」

「逆の立場で考えてみようか」

「考えない」

「俺が静江さんに、こんなメールしたらどう思うよ。好きだの可愛いだの、美人だのメールでほめまくってたら」

「ヤダ!! え、ヤダ……ヤダよ、ヤダヤダ！ ケイジそんなことしないで……！ だめだよそんなことしたら！ 絶対!!」

「だったら、ちょっとは人の気持ちになって考えろ！ マジで！」

「ご、ごめんなさい…………」

保身のためとはいえ、今回は反省するしかない。

「あと俺といるのに、コウヘイとメールしてるとかなー！ 本当はちょっとは気にしてました、はい。格好悪いので黙ってたが！」

ときめきつつも、申し訳なさで頭を深く下げた。

「つっても、まー、俺もシノがコウヘイを絶賛すんのは知ってたし、今頃になって説教すんのも卑怯《ひきょう》な気もするな。妬いた時にまとめて言うべきだったんで、シノを反省させつつ俺も猛省します」

心の底から落ちこんだ。

不満に思ってたことを連続で吐かれ、ますます凹《へこ》む。

と、ふわりと抱きしめられた。すぐに上から短いため息が聞こえる。

顔をあげると、ケイジのゴツゴツな骨ばった手が私の唇に触れた。

「それに俺は、さっきのコウヘイの行動のほうが気になる」

キス未遂の件。

「あ、あれは、よ、避けたよ！　私の神の速度で！」

「いやそうだけど」

「じゃ、じゃあなにが気になるの？……アッ‼　ま、まさか、他の男に触れられたから、汚い女になっちまったぜコイツ、ってそうゆうこと気にして……⁉」

愕然とした。

「いやあの」

「ワァーン、たしかにちょっと触れたけど、でも、ウウウ、汚れてしまったっていえば、たしかにそうなるかもしれないし」

「おい」

「そうか……私……汚れた……汚れてしまったんだ……」

「シノ？」

全身がわななないていた。眼を見開き、恐怖から汗が垂れていた。

ケイジがビクーッてなった。

「シ、シノ、ちょっと待て、落ち着け、なんか大げさに捉えす……」

「汚れた、汚れた、汚れた、汚物、汚物、私は汚物……」

「うわぁ……」

「そうだ！　汚されたなら、ケイジに汚してもらえばいい……！」

「……え？」

「さぁどうぞー！」

ほっぺを差し出した。「ここにチューの上書きをして」って。言ってることはアレだけど、やってることは幼かった。

「……………………。……なあ、シノ」

「はやくはやく、チューして」

「それは、俺を誘ってるって解釈で、いいんだよな」

「……え？　なに？　え？」

私が理解する前に、頬ではなく、唇が塞がれた。一瞬びっくりして身体が動くと、頭ごと押さえられた。

(激しい激しい激しい!!)

心の中で絶叫。あとは、なすがまま状態。

「なななな」

ケイジから一瞬、離れると、ぶるぶる首をふった。

「ちちち、ちがうよ！　私の話、聞いてた!?　そこじゃない！　問題は、ほっ――」

キスは続く。

気が付けばケイジの家の前で、部屋に入ると同時にベッドになだれこんだ。

いつもと違い、強引に服が剝ぎ取られる。そう、普段と違ってなんか……。

「いたっ……！」

頬に、耳に、首にとキスが落とされていくのに、全てのキスされた箇所が熱く痛む。

「…………な、なに……？」

けれどいつもと違う様子に、ケイジが答えてくれることはなく。入ったら入ったで、やっぱり、いつもとなんか違う！　つよい!!

「なに！　なんで!?　いつもはもっと優し……ギャー!!」

痛い強い痛い激しい!!　(?)

「だいぶ俺はむかついてたらしい、うん」

「むかついてた、て……!!」

逃げようとしたら腰をつかまれて、引き戻される。

「まー、なんだ」

それでも逃げようと身体を動かす私を押さえつけて、いじわるそうに笑った。

「仕返しだ。シノといて主導権が握れんの、これくらいだしな！」

「？　ま、まだ怒ってるの！」

「おう。でも俺はそこまで非道じゃないんで安心しろ。暴力ふるったりはしねーぞ？」

「おおお鬼！　悪魔！　人でなし！　さっき謝ったのに!!　根に持つなんて、なんて暗い男なの!!」

「わはは、なんとでも言え」

「サード！　サド!!　ハゲ！　デコひろい！　ハゲ！　最低！」

「おーおー、シノがそうやって泣きわめくほど、俺が喜ぶっての覚えとけ」

「ヒギャー！　変態なこと言った……。変態だー‼」

わあわあわめいていたが、ある拍子に一瞬、艶《つや》のある声が出た。

「ちがう、今のは違います」

無表情で即否定したのに、ケイジがニヤリと笑い、また開始される。一生懸命、耐えてたのに、唇に再び舌が入ってきて、ついに声が漏れた。

「うう、犯された……」

心もほっぺも……身体も。

その後も、主導権はケイジに握られたまま、静江さんとリューくんから好奇心いっぱいの電話とか、コウヘイくんからの謝罪のメールとか、鳴り響く携帯をすべて無視して、私たちは甘い世界に何度も何度も突入した。

6章　他所の恋愛事情

「おれってモテ期なんだ〜！」

リューくんが元気満々に、今日も気が狂ったことをのたまっていた。

「リューくん、ついに……頭がおかしくなってしまったの……」

まぁ最初からおかしかったけど……と、不安げに彼を見つめる。突然ファミレスに呼び出されたかと思うと、こんな妄想を昼間からしているのだ。

「おい！　シノ！　おまえ、おれをバカにしすぎだぞ！」

「だってリューくんにモテ期とかありえない！」

「おれはモテるんだよ。まー、シノのような生まれ落ちたときから、クソな人生しか歩めない女には、モテ期はわからないかな……」

ウザー！

「おれ、彼女できた」

「……………えええええええええええええええ!!……え？　妄想？」

「おいっ！」

「ウソウソ！　わぁわぁリューくんおめでとうっ」

私は、思わずパチパチと拍手してしまった。これでリューくんにセクハラされることもない！　やっほほーい、という安堵からである。

「ね、ね、彼女ってどんな子なの？」

「見たい？　見たい？　仕方ないなぁ、じゃじゃーん!!」

ババーン！　とリューくんは携帯を7台、取り出した。

「わ、携帯いっぱい」

「うん、全部彼女ごとにわけてるからね～、バレないように。麗子が今のところ一番の彼女かなあ」

「へー！」

ん？……バレないように？　1番……??

「これが2番の舞ちゃん。かわいいでしょ？　3番の千鶴は美人系だね。奈緒子は甘えん坊で、毎日連絡しないと怒る。沙紀は……」

「ね、ねぇ、それまさか、7股じゃ……」

私の問いかけに、リューくんはにっこり笑った。

「そうだよ☆」

思わず絶句した。

「ほ、本気で言ってるの……!?」

「当たり前じゃん。ナンパしまくったら、みんなポンポンついてきて、ラブホでお持ちかえりさ。メールもこのとおり、ラブラブだし」

「この千鶴ちゃんの後ろについているMのマークなに？　あ、麗子ちゃんにはSがついてる」

「ああ、これ？　月曜日（Monday）に会う彼女ってことだよ」

ニコニコとリューくんは続ける。

「ほら、『千鶴M』がマンデー、『麗子S』がサンデー」

うわあああ……。ドンビキっていうか、ドンビキどころの騒ぎじゃねえええ——！　ここは友達として！　友達……友達……？　まぁ知人として注意はしとかないと！

「毎日、かわるがわる彼女の相手して、おれ、身がもたないよ〜。だからもうシノの相手はしてあげられない、ごめんね？」

「あのね、そもそも人として、そうゆうことしちゃダメでしょ！」

「えっ、ダメとか言われても……でもシノがそこまで言うなら、ケイジに内緒で、今日一緒にホテルいってあげてもいいよ？」

そうゆうことじゃねー！

「あのね、リューくん、7人の女の子と付き合うとかね……！

そうゆうのって誠意ないよ！　ちゃんと1人の子にするべきだ!!　はっきりいって、女の

ようだ。

しょんぼり。リューくんにしては反省するのが早く、やはりそれなりに良心は痛んでいた

「あぁ、そっちの話か。うん、そうだよね。ごめんね……」

敵だよ！」

「ちゃんと誕生日きたら何人かとは別れる予定だから……」

「ウン？　そうなの？　それならいいけど………誕生日？」

「プレゼント貰って、ブスから順に別れる予定。へへへ」

うわあああああ……。マジで駄目だコレー！

「リューくん、絶対に刺されるよ、女の子のことなんだと思ってるの！　天罰くらうよ！」

「おれに天罰？　上等だよ、来れるもんなら来てみろ」

ハッ、とバカにしたように笑う。

「おれは立ち向かうね、余裕で！」

空を仰ぎ、リューくんは高々と叫んだ。

「シノ、助けて!!」

インターホンを連打し、迷惑きわまりない存在として1週間後、リューくんが家に来た。

「もー、うるさいよ……！　どうしたのリュークん、そんな青ざめて」

普段おしゃれなリュークんが、髪ぼっさぼっさの洋服乱れまくりで、一瞬、不審者かと思って私はドアを閉めかけた。

「やばいよ、おれ、殺されるかもしれない！」

「……。……ああ、7股バレたの？」

「ちがうよ！　7股の中の女でさぁ、ちょっと手出しちゃまずいのいたらしくて、っつーか、おれが2股かけられてたみたいで、その女、男いたんだよ！」

7股だの2股だの、頭がちんぷんかんぷんだ。

「エート、リュークんが、彼氏のいる女の子に手だしたんだね」

「そうそうそう!!」

「リュークんが悪いじゃん、謝ってきなよ」

「ばかか！　おまえ頭スカスカだろ！　このスカスカヘッド！」

ひどい言いぐさである。

「その男が、どうやらおれを探してるらしくてさぁ！『逃げて！』って女に号泣されて……。暴力的な彼氏らしいんだよ！　名前とかおれの家とかバレてるらしく！　さっき、その男らしきやつが、家の前でうろついててさっ。今追っかけられて逃げてきたとこ！」

「追っかけられたんだ！　それはヤバイね！」

「うん！　もうまじやばいよ、おれ殺されるよ！」

「……そっか……リューくん殺されちゃうんだ……」

私は「大変だね……」って、しんみりした。そしてゆっくりとドアを閉めようとした。

「……そんだけ？」

「え？　ウン、私なりにとても、しんみりしてるんだけど……」

「おれ、シノの家の前まで逃げてきたんだよ？　匿《かくま》ってよ!!」

「エエ!?　ムリムリ!!　なんで私の家なの！　コウヘイくんの家行きなよ！」

「男のむさい家とかやだよ」

私だって、リューくんが家に来るのやだよ……。

「アッ、他の彼女のところ、行けば!?」

「だめだめ！　理由聞かれたとき、困るし！　7股ばれちゃうじゃん！」

ひくひくと頬をひくつかせてると、リューくんが、クネクネ身体を動かした。

「ねえねえ、おれとシノの仲じゃん、いいでしょぉ？」

どんな仲なのだと、半眼でにらんだ。

「というわけで、お邪魔しまーす」

勝手に家へ上がろうとする。

「あ、ちょ……！　だめだって」

だって一応、男であるリューくんが、私の家にあがるなんて……。

「ケイジが妬いちゃうし……☆」

えへへ。キュン　キュン　キュ——ン。

「いいじゃん、妬かせろよ。恋のスパイス送り込めよ」

「そ、そうかなぁ、やっぱスパイスも大事かな……？　ってダメだってば！」

「ケイジにはおれから説明しとくし、あの男を撒《ま》けたら、おれもすぐ出てくから！　せめて日中だけでも！　夜は家に帰るし！　お願い！　お願いします！　土下座もする！　シノの靴も舐めるから！　このままじゃおれ、殺されちゃう!!」

「…………」

私は「はぁ」とため息をついた。

「仕方ないなぁ、もう……今回だけだからね」

「シノ……ありがとう！」

リューくんは、早速ケイジに電話をかけた。

「あ？　ケイジ？　おれおれ！　あのさ、事情があってさー」

うんうん、ちゃんと説明してよねと隣で頷きながら聞いていた。

「今からおれ、シノと寝るから」

首絞めた。

「ウグゥ……。っていうのは冗談で、ちょっと男に追われてて、うん、うん……」

「ちゃんと説明してね？」

横で私は鬼の形相。リューくんが説明している間、静江さんに「シノちゃん。菓子パン買って来てぇ」ってお使い頼まれたりした。

「うん、うん……わかってる。……うん……シノ！　ケイジから許可もらえたよー！」

にこにことブイサインしてくるリューくん。

「おれのこと、すごく心配してくれてたよ。やっぱ親友だよね。『シノにも手だすなよ。あー、心配だ』ってさ」

「それリューくんの心配じゃなくて、私への心配だよ」

「だからおれ、言ってやったんだ。『あんなブスに手だせるケイジはすごいね』って！　本当、感動ものだよね……」

「…………」

「ケイジはブス専の極みだよ、マジ！　おれ、ケイジのそこだけは尊敬できる！」

「エへへ。そっかー、ところで私は今リューくんにすごい殺意が芽生えてるよ。エへへ。ちょっと殴っていいかな!!」

殺意!!

「シノちゃん早く買って来てよぉ」

私が殴りにかかろうと動いたところへ、静江さんから菓子パンを催促される。

「ハーイ、わかりましたー。私、お使い頼まれたから、買い物行かないと。リューくんは、静江さんとくつろいでてイイヨ」

「一緒に行くよっ！　静江さんと2人っきりとか、おれ無理無理無理」

意外な返事に驚いた。

「うそ。リューくん、静江さんのこと大好きだと思ってたよ」

「んなわけないっ！　美人だけど、あの人こわいからね～」

「そっかぁー。じゃありューくんは荷物係ね、行ってきまーす」

玄関から出ると、リューくんが首をぐりぐり動かし周囲を見回しながら、おそるおそる後ろからついてきていた。

「どうしたの……?」

「いや実はさっき、この辺のマンションまで追いかけられたから。男いたら……」

「ウワー、そんな近くまで追いかけられてたの！　コワーイ！　でも大丈夫だよ。ここ住宅街だし、マンションいっぱいあるし。まさかここまで来ないって！　アハハ！」

「だよね、アハハ！」

安心したのか、リューくんが胸を張って歩き始める。

エレベーターを待っていると、階段からダンダンッ！　と駆け上がってくる音がした。

その音に私は思わず、エレベーター横にある階段を覗いた。

そこには、怪しい男がいた。怪しいっていうか、とてもガタイがよろしくて、タトゥーを腕に入れちゃってる坊主の男だった。

(誰、だろう……？　新しく近所に越してきた人かな？)

わざわざ階段使わないで、エレベーター使えばいいのに……。

「────シノ！」

リューくんが私の洋服の裾をつかんだ。

「やめてよ、服のびちゃうよ」

「シシシシシノ！」

「なぁに……？…………え、まさか……」

私が状況を理解するより、男が私たちに気付くほうが早かった。

「追いついたぞ!! てめぇがリューだな！」

ば、ばれたー！　7股の2股された男だー！

私は青ざめてリューくんを見た。リューくんも私を見た。

その目は、「合わせろよ」と伝えてるようだった。

「違います！　おれじゃありません！」

自信満々に言い切るリューくんにぎょっとした。えーっ絶対誤魔化しきれないって!!

男がイライラした様子で「あぁ!?」とリューくんの胸ぐらをつかんだ。

「お前だってことは、わかってるんだよ！　さっき逃げてたじゃねえかよぉぉおお！」

ヒイイイイ、リュリュリュリューくんが殺されてしまう……！　おまわりさんに連絡しないと……！　アワアワアワアワ。私のテンパり具合をよそに、リューくんはとても冷静だった。

「おれじゃありません」

とても丁寧で、静かな口調で、

「リューっていうのは、この女の彼氏です!!」

私を指差しながら、そう告げた。

「――――はい？」

「シノ、ほらほら、写真を見せてあげなよ！　彼氏の写真！」

「え？　え？」

「携帯に写真はいってるんでしょ！？　1枚くらいリューの写真が！　彼氏の写真だよ！　彼氏の!!　彼・氏！」

「え？？……ね、ねぇねえ、なに言ってるの。リューくんって、だってあな……」

「空気よめよ、おまえいい加減さぁ！」

　頭はたかれた。以下小声である。

（ケイジの写真を見せるんだよ！）

（エー！　なんで！）

（おまえ、ちょっと考えろよ！　ケイジが狙われるなら、もしもの時も大丈夫だろ！？　それにケイジの顔は、怖いし体格いいし、『あ、あれかー手出すのやめよー　よーし』ってなって解決するかもしれないだろ!?）

（ウ、ウウン…………なるかな……ならないよ！）

（おまえ、か弱いおれを守らないで売り渡すとか、人としてさあ、どうなの!?）

　人として彼氏を売るほうがどうなの!?　リューくんよりケイジのが大事なんですけど！　と悩んでると、リューくんが、私から携帯を奪い取ろうとした。

「ちょちょちょコラ!!」

「うるさいわねぇ、なんの騒ぎ？」

家の前ということもあって、静江さんが玄関から顔を出した。

「あら？　なにごと？　菓子パンはどうなったの？」

「静江さん、菓子パンどころじゃないです！　リューくんが手をだした女の子の彼氏が来てるんです！　この方なんですけど！」

「この坊主の男！」って手で指し示し、

「リューくんが襲われてて、今！」

男に胸ぐらをつかまれているリューくんを指差した。

「シノ、おま、おれがリューだって、なにバラしてるんだよぉ!!」

「だ、だってバレてるようなもんじゃん……」

男が、リューくんの首を絞め上げる勢いでつかみかかった。

「やっぱりテメェがリューかぁぁあああぁぁぁ!!」

「うぎゃあああああああ！　静江さんたすけてぇぇえぇ」

「あらあら」

リューくんの悲鳴に静江さんは困ったように眉根を寄せた。

「近所迷惑にならない程度に騒ぐのよ。シノちゃんもこっちへいらっしゃい、菓子パンはもうぃいわ。お茶にしましょ」

非情な宣言だった。

「あ、はい。じゃあねリューくん。後でね☆」

私もリューくんのことあっさり見捨てた。

「おまえぇぇぇぇシノノノノノノ!!」

しばらくじたばたと抵抗したものの、逃げられないと悟ったリューくんは、観念したように、

「おれの美しい顔だけは、殴らないで下さい……」

ガックリと頭を下げた。

「ざけんな!! てめぇ、無傷でいられると思うなよ!?!」

「今日はアップルパイがあること思い出したの♪　菓子パンも食べると太っちゃうわよね」

男の怒声を気にすることなく、静江さんが楽しそうに喋っていた。

「リューくん大丈夫かな……!」と気にはしつつも、静江さんが扉を開けて待ってくれていたので、玄関へと足を進める。扉がゆっくりと閉じられるところに、リューくんの絶望的な表情が、ちらりと見えた。

「俺の女に、よくも手ぇ出しやがったな!!」

バァァァァァァ――――ン!!

男が叫んだその瞬間、静江さんが閉めかけた扉を勢いよく開けた。

リューくんも、男も、私も静江さんへと視線を向ける。

けれど、開けたままの姿勢で、ピクリとも静江さんは動かなかった。

「静江さん……？」

「俺の女に、手を出した……ですって……？」

静江さんの様子がおかしい。小刻みに、震えている。うつむいている顔が、怖い。

「し、静江……さん……？　どうし――――」

「どうしたもこうしたも、ないわよ!!」

静江さんは、ぶちぎれていた。

「ちょっと、あんた!!」

男に向かって、びしりと指をさす。

「その〝俺　の　女〟ってなによ！　マジ不愉快になるんだけど！」

動揺する私を置いて、静江さんは、ツカツカと男に近づいていく。

「なんだてめぇ?!」

「……俺の女って何？　女が占有物だとでも思ってんの？」

「はあ？？？？？」

「だから、自分の物を盗んだやつには、暴力振るったり、脅迫したり、どんな制裁加えたりしてもイイってこと？」

男が喋ろうとするのを塞ぐように静江さんはたたみかける。

「彼女は物じゃないのよ、ちゃんと意志があるの。リューくんが無理矢理レイプしたの？　違うでしょ、あんたの彼女が、意志をもって股を開いたの、わ・か・る？」

唖然《あぜん》とする男。

「これはあんたたちカップルの問題で、他人は関係ないの。自分の占有物だと思ってるから、ムカツくんじゃないの⁇　責めるなら、付き合う契約をしてる相手でしょ？　契約先が他の企業にそっぽ向いたからって、その企業に制裁加えるわけ？　違うでしょ？」

男がなにか言いかけようと口を開いた、その時——。

「ふざけんじゃないわよ‼」

静江さんが、またも叫んでいた。

男は完全に固まってた。静江さんに敗北していた。

リューくんはその隙に逃れ、ササッと私の背後に隠れる。

「……助かった……！　けど、なんで、静江さんキレてるの？」

「エート………お、俺の女って言い方が、静江さん的にカチーンときたみたい？」

男の言葉がどうやら彼女の怒りの琴線に触れたようだ。基準がよくわかんないけど！

「……そ、そうなんだ……すごいね………」

リューくんは、ぼんやりと、虚《うつ》ろな瞳で静江さんを見つめている。見つめているというよりは、見惚《みほ》れている……見惚れ？

「シノ……」

まさか……と思った。

「……おれ、静江さんのこと、好きかもしれない」

仰天した。

「初めてなんだ、こんな気持ち………」

静江さんを見つめ続けるリューくん。

「ホ、ホントに？」

私の問いかけに、コクンとうなずく。

「愛してると思う……」

「あい!?」

さっきまで苦手って言ってた女性に対し、最上級の気持ちを持ってしまったようだ。

「神様がおれにくれた、サプライズのギフト……」

「ちょちょっちょ、リューくんなにを言って……？」

「おれは宝石を見つけた。静江という名のダイヤモンドを」

ヒィイイー、リューくんがついに狂った!!

女を性の対象としか見なかった彼が、ついにこの日、本気の恋をした。

「あの長い睫《まつげ》、スタイル、顔、髪型、洋服のセンス、全てにおいて、おれと、ぴったりだ……」

リューくんは、一日中、携帯画面に映る静江さん（隠し撮り）を見つめていた。ほふぅっ～と切なげなため息もつく。

「リューくんが、静江さんを好きになるなんて……」

私は呆然とする。

「まさに運命の女だよ……赤い糸で結ばれてるよ、おれたちは」

「アハハハハ赤い糸！　そんなもの信じてるの！　ブフー!!」

「赤い糸をばかにするな！　おれには見えるんだよ……。おれの小指と、静江の小指に繋がるデスティニーが…………」

リューくんが自分の小指を見て、デヘラデヘラ笑っている。

怖い。

「……I LOVE 静江……I WANT YOU……」

「……でもさーあのさー、悪いけど、静江さんは弟の彼女なので」

「それなんだよ!!」

リューくんは天高々に叫んだ。

「なんであんなチンチクリンな坊主と、おれの静江が付き合ってるの!?」

「ちょ、おれのって！　弟の静江さんだっつーの！」

あと人の弟をチンチクリンとはなんだー！

「うるさい、このブサイク肉便器が!!」

「にくべ……なんてことというの！　リューくんなんて、この間まで、静江さんを怖いって言ってたくせに！　ばらしてやる！」

「あっ、おまえ、おれの恋の邪魔をする気か!?　姉弟そろって、おれの邪魔ばかりする気か！　これだからブスは性格も悪くて困るよ。くらえ!!」

「ちょっとスカートひっぱらないでよ!!」

「うるさい！　シノなんて、パンツ一丁になれ」

「あらぁ、2人とも、なんの話してるの？　楽しそうねぇ」

会話の主役である静江さんが、騒いでる私たちの元へ訪れる。

「ちょうどイイところに！　静江さん、聞いてください！　リューくんがこのあいだ……」

しめしめと告げ口をしようとしたら、リューくんがサッと私の背後に隠れた。しかも、指と指を合わせて、もじもじしている。

(え……なに……)

「シ、シノ、静江に『今日も可愛いね』って伝えてくれる？」

「エ……。なんで……自分で言いなよ」

「ばかっ。恥ずかしくて、そんなことできないよ、おれは！」

リューくんの変貌振りに、恐怖を覚える。

静江さんが、隠れているリューくんに近づくと、リューくんは誰が見てもわかるくらい顔を真っ赤にした。

「顔、赤いわよ？」

「あ、あつくて!!」

「そうなの？　熱でもあるんじゃない？　まぁあってもいいけど」

なにげにひどいことを言いながら静江さんが去ると、リューくんは焦って、

「ねぇ、今のおれ、どうだった⁉」

と尋ねてきた。

「え、どうだったって……。顔真っ赤だったよ」

「かっこよかった⁉　静江が惚れるような行動だった⁉」

「エ……ウ、ウーン。ふつうかな……」

「あぁ〜！　そんなばかな〜！　チャンスだったのに！」

頭を抱えて座り込むリューくんを、見下ろしながら私はため息をついた。

「チャンスもなにも、普段より変な行動だからマイナスだよー」

「だよねぇ⁉　あぁぁ……緊張しちゃって全然喋れない！」

リューくんはさらに真っ赤になって、しまいには目に涙を浮かべている。

（リュ、リューくんって意外にピュアだなぁ……）

「こ、このままじゃおれは、駄目だ！　ただのカッコイイ変人キャラになってしまう！　ここは助《すけ》っ人《と》を頼まないと……！」

「助っ人？」

めんどくさかったから「かっこいいウンヌン……」をつっこむのはやめた。リューくんは、携帯を手に取り、どこかに電話していた。

「真剣な恋の相談なんだ。乗ってくれ！」

「はあ」

ケイジは突然、リューくんに私の家に呼び出されたかと思うと、唐突に始まる恋愛相談に、明らかについていけていない様子だった。

「女——いや惚れた女は、どうやって口説けばいいと思う⁉」

「は？」

「あ、あのね、リューくん、静江さんに本気で惚れてるみたい」

わけがわからない、と言ったケイジに私が補足する。

「し、静江さんに⁉　なんで⁉　どこがいい……いや失礼なこと言いかけた。まぁ美人だよな、うん」

「たしかに美人だけど、おれは彼女の容姿に惚れたわけじゃない」

リューくんらしからぬ発言にケイジの目が点になる。

「本当にリューか？　なにか悪いものでも食べたんじゃないだろーな……」

「食べてない！　おれは本気だ！　さぁ、教えてくれ！　惚れた女の、口説き方を！」

真剣な眼差しで、ケイジを見つめるリューくん。人が変わっているリューくんの姿に戸惑いつつも、その真摯《しんし》な姿勢に胸を打たれたのか、ケイジも真面目に答えている。

「うーん、惚れた女か。それだったら、リューのほうが、俺なんかよりよっぽど知ってそうだけど。7股してたんだろ？」

「おれは惚れた女を口説きたいんだ！　あいつらは、しょせん肉便器、性処理道具。てきとうにほめたら、ついてきたバカ女だよ」

「……その発言から是正するべきかと、俺は愚考するわけだが」

すぐに「やっぱりリューくんはリューくんだった」みたいな空気になった。

「じゃあさ～、ケイジは、シノをどうやって口説いたの？　どうやって付き合ったの!?　そこ詳しく教えてよ!!」

「どうって。うーん、まぁ……仲良くなって」

「どうやって仲良くなった!?」

「隣同士だったしなぁ席。必然的によく話すし、メールもしたし」

「うんうん!!　他には!?」

「他に……。なんかあったか？」

ケイジに聞かれて、私はウゥンと首をひねった。

「アッ、プレゼントもらってた！　ケイジがよく私に貢いでた！」

「あー、そうだった。プーさん渡してたりしたな。懐かしいなー」

「エヘへ、私今でも大事にプーさん持ってるよー」

「俺も大事に使ってたぞー。サンドバッグとしてだが」

「ばか!!」

ギャーギャー騒いでいると、リューくんの目が怪しく光った。

「プレゼント……！　その手があったか……2人とも、ありがとう！　壮大な作戦が今、浮かんだよ」

リューくんが、私とケイジの手をガッチリつかんで握手してきた。

「え？　今のでお役に立てたの？」

「もちろん！　愛してるよ、2人とも！　チュッチュ」

リューくんから飛んでくる投げキッスは、もちろん、叩いたり、避けたりした。

「おれはこの作戦で、静江の愛を勝ちとる!!」

ポカンとする一同に対して、彼は勝ち誇った笑みを浮かべた。

「おれは、それなりに金持ちだからね」

それから、リューくんの静江さんへのアピりっぷりはすごかった。

「静江さん、これ、どうぞ！　受け取ってください！」

「なにこれ？」

静江さんに向けて差し出された、小さい箱。彼女は覚えのないものに、首をひねる。

「シャネルのピアスだよ。静江さんにぴったりだと思って」

「え？　くれるの？　高くない？」

「だいじょうぶです。おれの家、金持ちだから」

リューくんは、えっへんと胸を張る。

「まあ、そうなの？」

少しの遠慮も謙遜《けんそん》もなく、静江さんは笑顔で受け取った。

「じゃあ頂くわ。ありがとう。似合うかしら？」

「はい、とても!!　地上に舞い降りた天使のようです……」

ふふって笑う静江さんに、リューくんは真っ赤になった。


「あぁん肩こったぁ～」

辛そうに肩をまわす静江さんに、ささっとリューくんが駆け寄る。

「おれが、肩をお揉みしますよー！」

「え〜、リューくんが？　いいわよぉ、弟くんにやってもらうし」

「だ、だめですよ、それだけはっ‼」

リューくんは慌てて携帯を取り出すと、カチカチと目的のものを調べだす。それからすぐに電話をかけ、ブツブツと喋っていた。

「……静江さん、予約取れましたっ！」

「え？」

「今から、マッサージいきましょう！　おれ、いいところ知ってるんですよ。評判がいいところで、人気№1の店です！」

「あら素敵♪　でもいくらくらいなの？」

「もちろん、おれが全額払います！」

「あら……なんだか悪いわね」

「いいえ、いいんですっ！　し、静江さんにはいつまでも健康でいてほしいから………」

「決まった！」って顔のリューくん。

「まぁ……。嬉しい。ふふ、ありがとう」

静江さんの微笑みに、リューくんは顔から煙を出した。プシュー。

「ねぇねぇ静江さん、他になにか欲しいものある？　おれなんでも買ってあげるよ！」

「あら、本当になんでも買ってくれるの？」

「もちろん!!」

じゃあ……とイジワルそうに静江さんは笑う。

「30万くらいの鞄が欲しいわ」

「も、もちろん!!」

「あはは、うそうそ。冗談よ」

「いや、買う！　買います！」

「え？……冗談よ？　本当に」

さすがに困惑する静江さんを、リューくんはグイグイ引っ張る。

「いや買う。今から銀座に買いに行こうよ、おれ、お金だけはあるから、なんでもリクエストして。他に何か食べたいものある!?」

「と、特に……ないけれど」

「じゃあどこか、美味しいところに連れて行ってあげるよ。タクシーよんでくるね！」

「……移動はタクシーなの？」

「静江さんはヒールだから、足が痛くなったら困るでしょ？」

「当然！」といった態度に、くすっと静江さんは笑みをもらす。

「本当に優しいのね、ありがとう」

静江さんの微笑みに、リューくんはついに鼻から血を出した。


リューくんの必死のアプローチは、じわじわと成果を上げ、静江さんと2人っきりの外食やショッピングをよく楽しんでいるようだった。

「ウーン、あの2人、イイ雰囲気だねー。弟、大丈夫なの？」

「だめかも……。僕、経済力ないし…………お金ないし……」

既に諦めモードの弟は、連日、2人の楽しげな様子に肩をがっくし落としていた。

「もー、凹んでいる場合じゃないでしょ！　静江さん奪われたくなかったら、ちゃんとガードしないと……！」

「…………でもこればかりは、もう静江を信じるしかないし……」

「ばか！　女の子はいつでも強く男性にリードされたいものなの、かっさらわれたいものなの！　もっと、強く行動に出――」

「ふははは！　小童《こわっぱ》めー！　おまえに静江を楽しませることなんてできないわ！」

気付けば、静江さんに会いに来たという名目で、自然にリューくんは家にいた。

「コラー‼　人の弟になんてことというの‼」

「うるさいこのブス！」

髪ひっぱられた‼　いたいいたいいたいいたい‼

「おれは最近、恋が楽しくてしかたがないよ。愛する女性にプレゼントする毎日が、なんて楽しいこと！」

「いたいよー。エーン。てかリューくん、静江さんに貢ぎすぎだけど、どこからそのお金調達してるの⁇」

「え？　親だよ？」

リューくんは当然のように答えた。

「海外旅行いくから80万ちょうだい。口座にふりこんでおいてって言ったら、くれた」

「…………」

なんだか、リューくんという人格が形成された理由が垣間《かいま》見えた気がした。

「ま、そんなことよりさ。シノにはちょっと付き合ってもらいたいところがあるんだけど」

「エ？　変なところはやだよ」

「おれね、彼女たちと別れることにした」

にっこりとリューくんは笑う。

「7人全員と、誕生日前に、きっちり別れることにした」

「……人として正しいけど…………なんで急に？」

「だって、静江以外にピン、とくる女がいないんだもん……」

真剣な面持ちで、そう告げる。

「おれは本気だよ。そのためには女の縁、全部切らないと。誠実にならないと、静江は振り向いてくれないと思うから」

「え、えらい……！」

この短期間で、リューくんが、人間としての正しい道へ軌道修正されていく。恋は人を成長させるんだね……！　感動した！

「まー、それでね、女なんだけど……。電話して別れを告げてもわかってくれなくてさ」

「ウンウン」

「『女できたんでしょ！　誰よ！』って言われて、愛する静江の名前を挙げるわけにもいかなかったから、シノの名前を挙げた」

「なんでいつも私を巻き込むの!!」

やっぱこれっぽっちも成長してなかった!!

「だって、おれ、シノしか信頼できる友達いないから……」

「エッ」

友達！　キュン……。友達がいない女のときめきワードである。

「ウ、ウゥン……リューくんがそこまで言うなら、……まぁ……友達だし？　友達だし！」

「ありがとう！　シノほどのブスもそうそういないから、ブスならまぁいいかって、女も納得するかもしれないしね！」

「………」

キュンは幻想だった。(？)

こうしてリューくんの、別れ話に付き合い、彼女たちとの戦いが始まったわけだけど——。

1人目：麗子ちゃん
「これが、おれの本命の彼女、シノだよ」

「嘘……本当に彼女がいたなんて………私以外にもいたなんて……」

「うん、ごめんね？」

「ごめんね、じゃないわよ！　このウソつき!!」

バァーン‼　リューくんじゃなくて、私が叩かれた。

痛い。これはおかしい。

2人目：舞ちゃん
「あ、あたしを騙してたのね！　大嫌い！」

「騙してたわけじゃないよ、でもおれは本気の恋をしたんだ」

「あたしとの恋は、本気の恋じゃなかったの⁉」

「おれが本気なのはシノだけさ」

「シノ……あんたのせいでっ……。あんたのせいでぇぇぇ！！」

私がつかみかかられた。とても怖い。

3人目：千鶴さん
「こんなのひどい、ひどすぎます……」

「もうおれの、恋のドリームトレインは止められないんだ」

「……嘘……でしょ？　嘘って言って……」

「うそじゃないよ、トレインは愛の駅に向かって発車したよ」

「なんでこんな……。こんなブスで臭そうな女となんで……ううぅ」

私に暴言吐かれた。もう嫌だ。

「どうして私がここまで言われなきゃいけないの！　臭そうってなに！　汗くさい⁉　私、汗くさい⁉　ウワーン！」

「ごめんねー、シノ。あとちょっとだからさ！」

「もうやだよー、なんで私こんなことに付き合ってるんだろう」

エーンと泣きながら、最後は、あの例の暴力男の女の元へと向かった。

「リュー、よかった……！　無事だったのね。あいつがリューのところへ向かったっていうから、あたし不安で――」

私と、女の目が合う。

「だれ？　その女……」

「おれの本命さ」

その本命（偽）である私の顔は、もみじマークが大量についていた。

「本命って……冗談でしょ？」

「ううん、本気だよ」

女が信じられないといった表情で、後ずさる。

「あ、あたし……あの男に毎日、殴られて……。リューだけが心の支えだった……」

「うん……そうだよね。ごめんね」

「今さらもう、戻れないのよ!? 男はずっとリューに心惹かれたあたしを殴り続けるし……、責任とってよ……!」

彼女は叫びながら、両手で顔を覆って泣きじゃくる。リューくんは、そんな彼女を抱き寄せた。

「そいつとは、早いうちに別れたほうがいいよ」

「無理……殺されるっ……」

「でも、おれは、なにもできないよ」

「なんで……そばにいるだけでいいのに……」

ところで私は空気であることを、ここに告げる。

「暴力男の愚痴とかはいくらでも聞けるし、金銭面では助けてあげられるかもしれない」

「うん……っ……」

「でもね、おれがそばにいたいと思う人は、おまえじゃない」

「……!!」

「おれは、心から大事にしたいって思える人ができたから、その人のそばにいくよ。……ごめんね」

リューくんは、女の涙を指でぬぐい、微笑んだ。

「好きだったよ、今までありがとう」

女が泣き崩れた。

「……………リューくん、大丈夫？」

リューくんの頬は、私と同じく赤く腫れ上がっていた。

「おれは大丈夫。シノこそ大丈夫？　ごめんね、巻き込んで」

「私は大丈夫！　リューくんに髪ひっぱられた時のが痛かったよ」

根に持っていた。

「ねえ、リューくん、静江さんに本気なのはわかったけど、ここまでしても、振り向かなかったらどうするの」

「う〜ん。そうだね、その時は――」

リューくんは、とても爽やかに笑った。

「何年かかっても、シノの弟から奪うかな？」

「――」

思わず、息をのんだ。

「えへへ、おれらしくない？　まぁよろしくってことで」

リューくんの一途な心に、思わず顔がほころぶ。

姉としては複雑だけど、リューくんの友達としては、なんだかこの恋を応援してあげたくなってきた。


「静江さん‼」

「あら、リューくん。どうしたのよ、その顔」

「コレには色々ありまして……。じゃなくて……えーと」

全ての女を片付け、身を清めたリューくんは、早速静江さんに会い告白へと向かう。いけいけゴーゴー！

「おれと、おれ、いや、違う……ぼ、僕と……！」

静江さんはきょとん、としている。

「け、結婚してください‼」

ってプロポーズした――‼　ぶっ飛びすぎ！

「は？」

さすがの静江さんも呆気にとられていた。

「す、好きです、静江さんのことが！」

顔を真っ赤にし、全身を震わせながらも、想いのたけを叫ぶリューくんに、静江さんが首をひねる。

「――リューくん……。だからあたしにエステ券くれたり、バッグくれたり、アクセサリーやお洋服、くれたりしたの？」

とても貢いでいたようだ。

「は、はい」

「そうだったの……ありがとう」

静江さんは、それはもうニッコリと、極上の笑顔を見せた。

「　嫌　よ　」

リューくんが目をぱちくりとする。

「7股してるような男と、あたしが付き合うわけないでしょ」

ばかばかしい、と鼻で笑う静江さんにリューくんは慌てる。

「ちちちがうんです！　ちゃんと、別れてきました!!」

「あー、そうなの？」

「はい!!」

「でも、別れたつってもねぇ……。そういった経歴がある男はちょっとねー。過去は消せないわよ」

「そ、それはそうですけど……でも、おれ、本気なんです!!」

リューくんが静江さんの両肩をつかむ。

「おれ、静江さんに運命を感じました！　出逢った時から、心は既に静江さんのものだったと、そう思ってます！」

リューくんは、真剣に、言葉を選びながら、

「この人じゃなきゃ駄目だって。本能的に、心から、生まれてはじめて、静江さん、あなたに運命の赤い糸を感じたんです！」

ひたすら、自分の想いを静江さんに伝える。

「まぁ、そうなの……ありがとう」

その想いを受け、静江さんは——。

「でも、あたしは全く感じないわ」

はっきりと死の宣告をした
リューくんの想いは粉々に砕け散り、消えていった。

「そ・れ・に、今は弟くんを育成中なの。いい男に育つまで、あたし他の男に乗り換える気

ないしィ」

ホホホと高笑いまでしている。

「あ、バッグはありがとう〜。大事に使わせてもらうわね♪」

彼女は、ニコニコしながら去っていった。

「…………シノ」

「なぁに⁇」

真っ白な顔になったリューくんが、おそるおそる尋ねてきた。

「おれ、今、フラれたのかな……？」

「エッ。気付いてなかったの！　そっちにびっくりだよ！」

「やっぱり、おれ、フラれたの、今⁉」

リューくんが「あぁぁぁ！」と発狂したように、髪をぐしゃぐしゃに掻《か》きむしる。

「……ウン……まぁ……日ごろの行いが悪いからかな……」

「そんなぁ……………」

がっくし、と膝《ひざ》から崩れ落ちたリューくんの頭を私をよしよしと撫でた。

「これに懲りたら、ちょっとは反省して、女の子を大事にしなきゃね！　誠意を持って」

「…………でも……」

「ちょ、なに泣いてるの！　リューくんが7股なんてしなければ、うまくいってた恋だったかもしれないんだしさ！」

　ハンカチで涙をふきふきしてあげる。

「ほらほら元気だして！　何年かけても奪い返すんでしょ？」

「…………ぐずっ」

「がんばれー、これからだ！……ってアレ？　どこに電話し……」

　気付いたら、リューくんは7つの携帯を取り出していた。

「あ？　舞ちゃん？　おれおれ、リューだよ。うんうん、実はさ、うんうん、ごめんね、愛してるよ？　あれはシノがしつこくてさ……本当は嘘で……」

「……アレ、ちょ……」

「真奈美、好きだよ〜。ほんとだって！　おまえが一番だよ、おまえを失ってはじめて、気づいた。おれの気持ちが…………」

「おい、リューくん」

「あっ千鶴!?　実は、あの女は俺を脅迫してきただけで、本当は心から千鶴だけを……ごめん……うん、わかってる。愛してるよ」

「…………」

リューくんは、パタンと携帯を閉じた。

「ふー！　ようやく全員とヨリ戻ったよ〜。やっぱさ、失恋によって心にあいた穴は、女に埋めてもらうしかないもんね」

さっきの涙はどこへいったのか。そこには、カラッとした笑顔のリューくんがいた。呆然としている私のことは気にしていないようで、

「あ、シノもおれの彼女にしてあげよっか？　穴あいてるし。穴だけに！　ププーッ！　あははは……ヒャハハブヒャハヤヒャ!!」

やたらテンションの高いリューくんに頬をツンツンされた。

「あの、さ……振り向かなければ何年かけても頑張るんじゃ……」

「え？　あぁ。おれね、勝てないギャンブルはしない主義だから」

さらっとそんなことを言う。

「じゃ、これからおれはデートだから！　またねーシノ」

リューくんは、ウキウキしながら去って行った。

私は顔いっぱいについたもみじマークをさすりながら見送った。ちょっと本気でリューくんを嫌いになりかけた、平和な午後だった。

7章　私はねらわれている

モテ期というのは突然来る。それは本人が願ってもいないのに、突然に——。

カツン……カツン……周囲は静寂が支配していた。灯《あか》りもなく、車も滅多に通らず、人気《ひとけ》もない学校帰りの夜の道。

「アレ？」

周囲には、私の足音だけが反響している——はずだった。

「おかしい」

もうひとつ、私にピッタリついてくる足音が聞こえる。背後に人の気配も感じる。

……スッ。私は相手を確認するため、ゆっくり振り返った。そこには黒いコートを身にまとい、深く帽子をかぶる男がいた。

「ヒギャー！　いたー！　しかもなんか怪しい——！」

ちょっとだけ、風の音とか猫とか人畜無害の幽霊（？）とか、そういったものであることを期待していたのに。

「どど、どうしよう、あの人が私についてきてるんだ」

——カツンカツンカツンカツンカツンカツンカツン。

怖くて速度をあげると、不気味な足音もどんどん速くなった。

「まままさか夜道を歩く☆いたいけな☆女の子狙いの痴漢じゃ！」

いや、でも偶然かもしれないし……！　そうだよ、帰り道一緒なだけかもしれないし、疑うなんて失礼だよね！　ここは走れば全てがわかる！　私が走って、あっちも走ったらアウトってことで。

ダッ!!　と全速力で夜道を駆け抜ける。

「ほ〜ら、あの人も別に追いかけてこな……」

振り返ると、彼も走っていた。

「……ギャー！　ついてきたー！　ヒイイー！　おかァさーん！」
ガ　チ　痴　漢　じ　ゃ　ー　!!
とっさに横道に入って、ほふく前進で家の塀の穴をくぐりぬけ、ゴロゴロしながら坂を下ってゆき、全身、土と草まみれの武装兵となり……無事、家に到着したのだった。

「ゴ、ゴール！　あぶねー、怖かったー！　私って見た目も中身もおとなしくてか弱い女の子だから、痴漢されかけたんだ………」

自分の魅力に愕然とした。

「ちょっと聞いてください。静江さん、私いま痴漢に……！」

バァーン！　と部屋の扉を開けると、

「シノちゃん大変よ!!」

静江さんも血相を変え、勢いよく私の部屋から飛び出してきた。

「ワッ、びっくりしたー！　どうしたんですか？　私も今――」

「見てシノちゃん‼　下着がぐしゃぐしゃなのよ！」

「……グシャグシャ？」

静江さんが「コレ見て！」と布切れのようなものを差し出した。

「今日、干していたショーツなんだけど、シノちゃんのよ！」

静江さんが言う私の下着（布切れ？）はビリビリに切り裂かれていた。

「エー！　コレもう原形留めてねー！　この下着高かったのに、なんでこんな……！」

「ひどいわよね！　下着泥棒はよく聞くけど、下着切り裂き魔って珍しいわ。悪戯《いたずら》かしらね⁉　悪戯に決まってるわね‼」

「ワァーン、ショック…………ん？」

ブブブ……と携帯が振動する。メールが届いたようだ。

「もー、こんな時に、誰だろ？」

カチッと携帯を開いてメールを確認する。

『やらせてよ～、ぐりぐりしたいよ～』

『いつ会えるの？　舐めてよ、ペロペロチュッチュチュ』

バタン、と携帯を閉じた。

「あら迷惑メール？　どっかにアドレス漏れちゃったのかしら」

「キィー、キモイキモイ!!」

「おー、おかえり。親父さんと将棋指してたんだけどシノも……」

既に私の家にいたケイジが、騒ぎを聞いて様子を見に来た。

「2人そろって扉の前でなにし……どした？　その布切れな……」

「見ないでえっち!!」

私はケイジに平手打ちを決め込んだ。

「静江さん、さっさとそれ、捨ててください!!」

「それもそうね！」

「なんで今殴られたんだ、俺？」

ブブブブ……。再び私の携帯が振動する。

「あー、おい、シノ。携帯鳴ってるぞー」

「ヤダ！　さっき変なメールきたから、もう見ない！」

「見ないって。ずっと鳴り続けてるから、電話じゃねーの？」

ケイジが、私の代わりに携帯画面を開いた。

「エー？　だれから？」

覗き込もうとした瞬間、ブォンッと携帯はぶん投げられ、壁に弾かれ飛んでいった。

「ギャアアアア⁉　なにするの⁉　私の携帯が！」

「いやシノが見ようとしてたから、つい、ハハハ」

「私の携帯だからいいでしょ！」

「うるせー！　シノが出なくて良かったっていうやつだ！　逆に俺に感謝しろ！」

「エッ、なに？　なんだったの」

「気にすんな、もう過ぎたことだ」

気になる！　と喚いてると、再び携帯が着信を知らせて振動した。

「あ、またかかってきた！　非通知のＴＶ電話。なんだろ！」

「あっ！　おい」

ケイジの制止を振り切って、開いた携帯画面からは「ハアハアハアッ……」という荒い息遣いと、カチャカチャカチャ……という金属音が聞こえた。

「なにこれ」

なにか黒いものが手でこすこすこすと……。

「あれ、動い……ギャア⁉　こりゃ猥褻《わいせつ》物だ――‼」

携帯を再びぶん投げた！　ガシャーン！

「ウワーッ、どうしよう！　よその男のはじめて見ちゃったー！」

「だから見るなっつっただろーが!!」

「いやああ鳥肌鳥肌!!」

両腕をぶるぶると押さえすぎた。

あぁ、なんなの。今日は、人に追いかけられるわ、下着は切り裂かれるわ、エロメールが大量に送られてくるわ、ＴＶ電話の卑猥映像を見せられるわ！

「ま、まさか……！」

そうだ、そうに違いない。でなければ、理由が思い当たらない。コレが噂に聞く……！

「モテ期がきたと思うの!!　この私に!!」

「は⁇」

一連の騒動後、最近よく遊ぶメンバーで集まった昼下がり。みんなに早速、報告した。

「だって、痴漢といい、迷惑メールといい、卑猥ＴＶ電話といい、いきなりその日に全て集中するなんて！　私を狙っている複数の男どもによる魔の手な気がするよ……！　マジ、モテ期！」

私は力説した。

「シノにとってはそれがモテ期なのか。まあいいけど」

ケイジは完全に冷めておった。リューくんとコウヘイくんは話を聞いてすらいなかった。

「なにそれ、バカにして！　自分は何百人もの女をはべらし子種を植えてるからって！

……怖い、恐ろしい……なんてひどい男だ……」

「し、したことねぇー!?　それリューだし！　つーか、なんでおまえは自分の妄想でいつもビビっちゃうの!?」

話をしている間にも、私の携帯は何度も振動していた。非通知のＴＶ電話の履歴がどんどん埋まっていく。

「ううう……。しつこい……」

コウヘイくんと静江さんが興味津々に覗き込んできた。

「電話出ちゃうわよ。エェーと………あら、早速しこしこしてるわ。こんな粗末なものよく見せられるわねぇ」

「くくっ。静江さん、手伝ってやったら？」

「いいわね！」

静江さんはカメラに向かって、むぎゅっと胸の谷間を寄せた。

「あ・た・し・を・オ・カ・ズ・に・し・て？」

ますます元気になる映像。

「ギャー！　ちょちょちょちょちょ変なことしないでください！　余計調子にのって、さらに電話きたらどうするんですか……！」

って言ってるそばから、切っても切っても携帯が振動している……！　次々卑猥な内容のメールも送られてくるぅぅう……！

「ちょっとしたサービスよ、サービス。でもこれ完全に同一人物よ。ほらメールみてみなさいよ」

『もう一度、胸みせてよシノちゃん』

『シノちゃんTV電話していい？』

「わぁアンコールきた……てか名前がバレてる!!」

恐怖!!

「複数の男に好意もたれてるってより、メールも電話も、同一犯の可能性がありそうじゃねぇ？　多分、夜に朝倉さんを追いかけてきた男？　ここまで来ると完全にストーカーだわ」

コウヘイくんがタバコに火をつけた。

「絶対ストーカーよ！　きっとシノちゃんに幻想抱いている男が、追っかけてるのよ。ほら、シノちゃんって、処女くさいしイモくさいし地味だし抵抗もしなさそうだし」

静江さんの言葉に色々傷ついた。

「こうゆう男って、シノちゃんに彼氏がいるって知ったら、逆ギレして『中古』『非処女』とか言って襲ってくんのよね」

「そうだね。朝倉さんは、外ではなるべくケイジの話はしないほうがいいかも。どこで聞かれてるかわかったもんじゃ……」

「アッ、それなら大丈夫です」

ムッフー！　と私は自信満々に、

「私、彼氏がいること、外部には一言も言ってませんから」

「え」

ケイジがポカンとした。

「だって恥ずかしいし、ケイジの存在」

場がなぜか静まりかえった。（？）

「彼氏の話ってなんか照れるよねエヘエへ。のろけかよー！　とか思われたら恥ずかしいし、学校の子にはなかなか言えな……どしたの、ケイジ！　とつぜん目を掻きむしり始めて！」

「なんでもねぇ！　目にゴミが入っただけだ！　泣いてねぇぞ！」

「はーあほらし」

ずっと無言だったリューくんが、口をひらく。

「あのさぁ、お前らソレ本気で言ってるの？　ストーカー？　シノに？　ないない!!　ただの痴漢に決まってる!!」

トントンとテーブルを指で小突き、

「冷静に考えろよ。シノを好きになる男なんてこの世にいないって。これは断言する、間違いな――。あ、コウヘイがいた」

リューくんの一言で、ケイジとコウヘイくんが目を合わせた。一瞬、気まずい空気になった。

「ねえねえ！　コウヘイはなんでシノが好きなの？」

一瞬どころじゃなくなった。

「ちょぉリューくん、その話題やめっやめ！　シーッシーッ！」

「え～っ、なんで？　気になるじゃん」

「ばか！　世の中には忘却したい思い出もあるの!!」

「俺とのことは忘却したい思い出って、朝倉さんひでぇなぁ……」

コウヘイくんが、ハハハ……と力なく笑う。

「ま、ストーカーなのか、ただの痴漢なのかはわかんないけど。迷惑メールにしてもTV電話にしても、相手にしなくていいよ。反応があると、逆に喜んでもっと被害大きくなるかもしんないしね」

「そうよ、シノちゃん！　徹底無視よ、無視！　わかったわね？」

自分らさっき、私の携帯でめちゃ遊んでましたけども……と、うらみがましく思った。

「なんかあったら連絡していーからね俺に。暇だし」

「あ、は、はい!!」

あのいじめっ子のコウヘイくんが助けてくれるなんて……。少しは親しくなれたのかな。感動。

「うん、まー、コウヘイを頼るのはいいんだけど」

ケイジがちょっと不満そうに、

「つかコウヘイは頼らんでいい。俺を頼れ。なんかイヤだ」

「わ、わかった……」

キュウ―――ン。キュンキュンキュン――。

「え～？　ケイジより先に頼ってよ、朝倉さん」

「だめだ、シノは俺んとこ来い」

「2人とも……きゅん」

なにこの2人のナイト！　ステキすぎる。まぁ、実際怖い目にあったら一番最初に助けを呼ぶのは、決まってお母さんだけど。

「おい、シノ」とリューくんが話に割って入る。

「エッ、まさかリューくんも3人目のナイトに？　なんか悪い……」

「おれには決して、頼るなよ」

リューくんのことは無視した。

帰りに静江さんと2人でドコモショップに寄って、手続きを済ませて、携帯番号とメールアドレスをすぐ変更した。

「これで変な電話はもうこないハズ！」

「あのTV電話とおさらばかと思うと寂しいわねぇ……あら？」

人気のない道に差しかかった時、静江さんが背後に気配を察した。

「ねぇ、シノちゃん……誰かついてきてない？」

「まさか……」

私たちはおそるおそる振り返って、小さく悲鳴をあげた。黒スーツを着用し深く帽子をかぶった男が、背後にいる。

「ア、アレ、この前の痴漢と一緒の人な気がする……！」

「アイツなの⁉　きゃぁ楽しい♪　じゃあシノちゃん言ってやりなさいよ。〝私に付きまとうんじゃねぇ糞野郎ファック〟って！」

「むむむむ無理無理無理無理むり！」

「んもう、チキンなんだから～。心配しないでもあたしがシノちゃんを守ってあげるわよ。なにがあっても」

「し、静江さん……」

なんて頼りになるんだろう。

「それに、ああゆう気弱なストーカータイプは、複数でいる時は手出ししてこないしね。１人の女の子に強気になるタイプだと思うわ」

「そ、そうですよね………」

しかし、男と私たちの距離はどんどん縮まっていく。

「……でも、不自然なくらい、あの人、早歩きのような……！」

「そうね……」

静江さんがちら、と背後を振り返る。

「手出ししてこないとはいえ、距離が近いのも考えものね。あたしたちも歩くスピード速めて、あいつとの距離つくりましょ」

「は、はい！」

軽く早足になってみるものの……。

「し、静江さん……なんだか男との距離が広まらない気が……！」

「ねぇシノちゃん。アイツ、なんだか駆け足になってない？」

「む、むしろコッチに向かってるような気が……」

「やっぱり⁉ そうよねっ！ どう見てもあの男、あたしたちに向かって走ってるものねぇ？ アハハ」

「そうですねぇ、アハハ」

ダッ‼

静江さんと私は、同時に全力でダッシュした。

「なに⁉ マジであの男は何者なの⁉ なんで走ってるのよ⁉ あの男走ってるわよ。シノちゃん」

「ヒィイイ‼ 連呼されなくてもわかってますぅう‼」

「やだ！ 追いつかれる！ シノちゃんオトリになってよ！ 原因シノちゃんだし‼」

「嫌ですよ！ 守ってくれるって言ったじゃないですか‼」

「そうだったかしら、サッパリ忘れたわ⁉ じゃああたしこっちの角曲がるから‼」

「あっ、ちょ！　この裏切りも……。静江さん、はぇぇ！　はや！　え⁉　ちょ、あんたっ、ヒールでそのスピードねーよ！　あっ、まっ……私をおいて逃げたー‼」

静江さんは超スピードで遠くへ行ってしまい、私と男の距離がどんどん縮まっていく。

（ワアアア、どうしよう、今回は逃げ切れないっ！）

「モテ期ウキウキ☆」とか不謹慎にも喜んだから、こんな目にあうんだ！　モテ期とか生涯要りませんから、助けて‼

「クソー！　ま、負けるものかー！」

このままじゃ草むらの陰にひきこまれ、アーレーなことされてしまう……‼

「わかってるんだぞ、私の肉体を狙ってることくらい」

「あまつさえ、私をちょめちょめしようとしてることくらい！」

「私は負けない！　負けるものか！」

「私の身体に触れていいのは、ケイジだけなんだから――‼」

ひとりごとをひたすら叫んでいた。

「あのっ‼」

「ヒィ！」

痴漢に声をかけられた。

おそるおそる振り返ると、男が息切れしながら私のすぐ後ろにいた。

追いつかれた。終わった……。

男はモゴモゴしながらも、なにか喋っているようだったが、うまく聞き取れない。ようやく聞き取れた言葉が、

「…………け、携帯番号……教えてください……」

「え？　携帯もってないです」

反射的に答えすぎたようだ。男に手に持っている携帯をジト、と見られる。

「そ、それ、それ携帯ですよね？」

「そ、そうです。これは携帯です」

まるで中学校の英語の教科書に出てきそうな会話であった。

「お、お、教えてください……」

「え、で、でも……」

や、やだ、せっかく新しい番号にしたのに、いきなりバラすわけにはいかないし……。

「教えろよぉぉぉぉおおおお!!」

「は、はいぃぃ!!」

断れない!!　怒鳴られた!!　怖い!!

私は男にしぶしぶ番号を教えた。

ケイジの電話番号を……。

とっさに思い浮かんだ番号だったから。

「め、メールアドレスも、おお、教えてください」

「エ！　エエエート、エ――ト……メアドはちょっと……」

「教えてくださいよぉぉおおぉ!!」

怖すぎて断れない。

「わわわかりました！　読み上げますので入力してください!!」

たまたま受信した、コウヘイくんのメアドを教えた。

ナイト2人、すまん……。すまん……。


「また痴漢が現れた、だぁ？」

男たちに合流すると、私は早速本日の出来事を報告した。途中まで一緒だった静江さんは、のん気におせんべいをバリバリ食べてた。

「シノちゃん、よく無事に帰ってきたわね～。あのとき」

「なんで私おいて逃げたの!!」

「だって怖かったし、シノちゃんねらいだし、あたし関係ないし」

「悪魔!!」

まぁでも今ここで静江さん責めても仕方ない。まずはケイジとコウヘイくんに謝罪するべきことがある。

「2人とも、ごめん！　実は――――」

ちょうど話している最中にケイジの携帯電話が着信で振動した。

「あ、電話だ。ちょっと待っ……」

『ハアハア……ハァ……ッ』

ケイジが出た瞬間、男の荒い声が聞こえた。

『ハアッハアッハア……あのっ……ハァ、ハァハア……今のパンツの色って何色？』

プッ。ケイジは無言で電話を切った。

「イタ電だった。んで、なんだって？」

「あ、ウン。だからね、すごい2人には申し訳ないんだけど……」

1分も経たずにケイジの携帯が再び振動した。

『パンツは今なにはい……』

ぶちっと切った。でも、またしつこくかかってきたので、

「俺、男です。あと色は紺だった気がする」

今度は正直に伝えて、切った。

「これでもう大丈夫だろー。んで、なんだって、シ……」

ケイジの携帯が再び動く。

「だあああ!? またかよ! 今度はいったいなんの用——」

『……死ね!』

今度は相手に切られた。

「……っ……!!」

「ケイジ、ど、どうどう……!」

「地味にむかつくな……! つーか男の電話にかけてきたお前が悪いんだろうと!!」

「ウ、ウン。迷惑電話ってむかつくよね! どこから番号が漏れ——」

まさか……。私を青ざめた。

「ハハ! 変態に電話もらってんのかよ! ダセェー」

コウヘイくんがケタケタ笑う。

「あの……コウヘイくんの携帯も、さっきから振動してるよ?」

「あぁ、頻繁に仲間からメールくるからね。ん……?」

『愛してます。好きです』

『結婚しませんか？　お願いします。男がいるの？』

『セックスしよう。いっぱいしよう。さっきの誰？』

『犯すぞ　返事をよこすように』

「…………………」

大量の告白メールが届いていた。

「ハハハ!!　おまえこそ変態からメールもらってんじゃねーよ！」

ゲラゲラ笑うケイジに、悔しそうなコウへイくん。

「クソ、なんでこんなメールが急に……！　誰だよコイツ……」

「だ、誰っていうか……」

これは、もう完全に――。

「2人とも、ごめんなさい!!」

べちーんといきなり頭を下げた私に呆気に取られるケイジとコウへイくん。

「ウゥ……じ、実は、さっき痴漢に追いかけられた時、アドレス教えてほしいっていうから、お、教えちゃったんだけど……」

「バカか!!　なんで教え……」

「いえ、私のじゃなくて、ケイジとコウヘイくんの…………」

　私の声が徐々に小さくなってった。

「…………はい？」

「あああああ、あのね！　もうほんと、自分でも、なんでキミたちの番号を教えたのかもよくわかんないんだけど、なんかね、とっさにケイジの番号が口に出てた！　自分でもびっくりした！　ほんと、びっくりですよね……ウン……ウン。個人情報漏洩ごめん!!」

　土下座する勢いで謝った。

「そのせいで、2人に嫌がらせが相次ぐなんて……。まぁケイジはイイとしてもコウヘイくんはごめんね……！」

「いや？　俺は、朝倉さんが頼りにしてくれたみたいで、嬉しい」

　コウヘイくんの微笑みにホッとする。内心「ウゼェこのクソアマ」とか思ってるかもしれないけど。（信頼度ゼロ）

「まー確かに、シノの番号教えるよりは、いいけどさ」

「だよね！」

　ケイジならそう言ってくれると思ってたぁー。（信頼度♡♡♡）

「さて、そうとわかれば、雑談はこの辺にしておきますか」

コウヘイくんはくわえていたタバコを灰皿にこすりつけ、立ち上がった。

「そーだな。直接、捕まえて聞くのが手っ取り早い」

続けてケイジも立ち上がると、ぱんっと拳に手を当てた。

「え？　え？」

ぽかんとしてる私にイタズラっぽく笑う2人。

「せっかく朝倉さんが頼ってくれたから、男として動かなきゃね」

「エェ⁉　頼ったというか、身代わりに使ったというか……！」

おろおろ……。

「それで言うなら、俺だけじゃなくコウヘイにも身代わりしてもらってんのが、なんとなくムカつくんですが」

「エエエェ、そ、そんなこと言われても……！　被害は分散したほうがいいと思って……」

計算してたことを暴露しつつも、しどろもどろになった。

「にしても、コウヘイと組むの随分と久しいな。やる気湧いてきた」

「くくっ、だいぶ鈍ったんじゃねぇの？　ケイジ」

「ほー。それはこの俺に言ってんのか」

「変わりないなら、とっとと害虫駆除いこうぜ」

私へと振り返って、2人が優しく笑ってくれた。2人のナイトの頼もしい行動に、ときめきが止まらなかった。

「なにこれ!! なんなのこれ!!」

一転して、痴漢と遭遇した夜道にずるずる引きずられる私。

「オトリ作戦」

2人が声を揃えて言う。マジ、さっきのときめきを返してほしい。

「どうして私が1人で、夜道をうろつかなければいけないの！」

「まーまー、危なくなったら俺とコウヘイで助けにいくから。シノなら余裕だろ」

「余裕なわけないでしょ！ 普通の女の子なのに私！」

「でも、男2人と一緒にいたら犯人、逃げる可能性あるし。俺たち隠れてるから、犯人が現れたら連絡しろ」

「そんな都合よく現れないよ、私のストーカーは！」

コウヘイくんがにっこり笑った。

「それなら大丈夫。『今日、あなたをお待ちしております。夕方頃、この前の道で』ってメールしといたから」

「ワァー、さすがコウヘイくん。天才だね☆」

……ってウギャー！　怖いよー！　なんてことすんだよ、このドS！

心の中で悪態をつきまくる。

去っていったケイジたちは、豆粒くらいに見える遠い所にいた。

「あの位置から本当に私を守れるのかな……」

ちょう不安……。１人でウロウロすること1時間。最初こそ怖かったものの、段々恐怖にも慣れ、暇だったので携帯アプリのゲームで遊んでいた。

「ヤッタ、クリアしたー。いえぇぇい、エヘエへ。ん？」

ふと、人の気配を感じて顔をあげる。

(アレ、黒いスーツと帽子の男がこっちずっと見てる)

どこかであの人見たことあるなー、どこだっ……痴漢だー!!

で、出たー!!　ゲームに夢中で気付かなかった！　出た！　出た!!　おい、出たぞ！　ケイジ！　コウヘイくん！

ケイジに慌てて電話した。

「ケ、ケイジ！　ついに、あの人が――」

『おー、シノ？　今コンビニいるけど、なんか欲しいものある？』

コンビニ‼

ケイジたちがいたはずの方向をみると、豆粒サイズのあいつらの姿は見えなくなっていた。暇すぎて、コンビニ行っちゃった。

「こ、こんばんは。ぼ、僕に用事があるんですよね…………」

痴漢がついに声をかけてきた。

「は、はい⁉ こ、こんばんは‼ エエ、エットですね……」

(オォォイ、ケイジたち近くのコンビニに行ったんだよね⁉ そうだよね⁉ じゃあ戻ってくるまで時間を稼げばいいんだよね⁉

ヨ、ヨーシ、そうゆうのならドントコイ！ 私そうゆうの得意だから！ まかせて！

「今回お呼びしたのには理由がありましてですね……！」

とにかく話をしよう、たくさんしよう。

「あ、あの、僕のメール見ました……？ 電話もしたんです……」

「見ましたし、電話も聞きましたヨ！(ケイジたちが)」

「そ、そうですよね……」

痴漢さんの声が段々小さくなってく。

「あの……男が電話に出たんですが……誰ですか……？」

「か、彼氏です！」

伝えるべきところはハッキリ言う。

「か、かかか、彼氏いるんですか……？」

「ハイ!!」

「そ、そんな………」

痴漢さんはガックリして肩を落とした。な、なんだか気弱そうな人だな……。これはひょっとしたら、ケイジたちが不在でも勝てるかもしれない。

「あ、あのですね、あのようなメールやめてくださいませんか！」

「ご、ごめんなさい、め、迷惑だとは、わわかってても、と、とまらなくて……セ、セックスしたいとか、気持ち悪かったですよね」

「それは本当にやめたほうがいいです、痴漢だと思います」

彼の今後を心配して、私は丁寧に教えてあげた。

「痴漢？」

「そうですよ、夜中歩いている女子をつけたり……！　ああゆうの良くないと思います！」

「痴漢？　痴漢？」

「そうです!!」

よーし、言ってやったぞー！　これで痴漢も少しはおとなし……。

「てめぇえぇえぇえぇ痴漢ってなんだぁ!?!?!?」

怒鳴られた。

「てめぇ、痴漢って意味わかってんのか!?　あ!?　痴漢だよ、痴漢！　わいせつ行為を行ったら痴漢なんだよ！」

エー、キレター！

「それが、あ!?　ちょっと夜道で追いかけただけで痴漢!?　ふざけてんじゃねぇぞコラ!!　おまえ人を痴漢呼ばわりって頭おかしいんじゃねぇの!?　調子乗ってんのか!?　痴漢の意味述べろよ、今言ってみろよ!!　だいたいその動きなんだよ!?　あぁ!?　おまえふざけてんのか!?　あぁ!?」

いきなりの男の剣幕に、私は恐怖で凍りついた。

「あ!?　言ってみろよ、おい！　言ってみろ！　痴漢ってなんだよ勝手に決め付けてんじゃねぇよ!!　謝れよ！　今すぐ謝れよぉぉ!!　あ!?　なめてんじゃねぇぞ!!　なんだよその手!?　バカにするのも大概にしろよ!?　あぁぁぁぁ!?」

凍り続ける私。

「た、確かに、し、失礼な言動でした……」

「でした、じゃねぇよ！　謝罪しろっつってんだよ!!　あ!?」

「ご、ごめんなさい」

怖い。しぬ。

「聞こえねぇんだよ。ごめんなさいってなんだよ!?　軽いんだよ！　申し訳ありませんだろうがよ、もっと大きい声だせや!!　土下座しろよ。おい!!　そこに土下座しろよ!!　馬鹿だろてめぇ！　なんだよ痴漢って！　痴漢呼ばわりしてんじゃねぇよ!!」

「――――朝倉さん、そこどいて!!」

いなくなったコウヘイくんが、痴漢さんに飛び蹴りした。吹き飛んだ痴漢を押さえるため上に足を置いてポケットからタバコを取り出すと悠々と笑った。

「ごめんごめん遅れた。ケイジは今コンビニ行ってて、俺は残って見張ってたんだけどね」

「あ、そうだったんだ！　コウヘイくんだけは居てくれたんだね！　おのれケイジめ……」

ケイジの好感度が下がってった。

「でも、とりあえず男キレてんなぁと思って一服してたら遅くなっちゃった。ごめんね」

「そうだったんだー、コウヘイくんよくタバコ吸うもんね！　別に気にしないで！　私の危機だったけど！」

コウヘイくんの好感度も下がった。

「で？　こいつが痴漢？」

「だ、だめ！　痴漢って呼ぶとすごく怒るよ、その人……！」

「は？　だって痴漢じゃねぇの？」

コウヘイくんが訝《いぶか》しげに眉を寄せる。

「シノ‼」

ケイジが今頃走ってやって来た。

「心配しただろーが！　おまえいつでも電話途中で切ってんじゃ」

「なにコンビニ行ってるの彼女の危機に‼」

怒った。

「うっ。すいません。喉《のど》渇いて……ジャンケンで負けて買いにいくことに」

「そーそー、ジャンケンで負けたケイジのせい」

コウヘイくんがのん気にタバコを吸い始めたので、キッと睨んだ。

「あのねキミタチ‼　コンビニ行ったりタバコ一服したり、私がどれだけ恐怖に怯《おび》えたと思って……！　怒鳴られるし……！」

怖かったのに……、と私がちょっと泣きかけたところに、

「ごめんなさい!!　心の底から彼女を好きだったんです!!」

痴漢様（せめてもの様付け）が、突然声を張り上げた。

「はあ？」

男2人が反応する。

「好きだったんです!!」

私を見つめる痴漢様のその視線――。

「ぼ、僕知らなかったんです、ま、まさか彼氏がいるなんて……」

「えぇえぇ……!?　き、き、きいた?!　私のモテ期!!」

興奮して、泣きかけの涙は消えていった。

「ぼ、ぼぼ、僕、電話番号わかって浮かれて……でも男が出て……メールで怒りをぶつけて……気持ち悪かったですよね……。すみません……すみません……すみません……」

震えて怯え続ける痴漢様。

「そうだったんだぁ……じゃあ許してあげてもいいかなぁ、私のこと好きみたいだしぃ」

確かにあの迷惑メールや、愛情表現も間違ってるし、突然キレられてちょっと驚いたりもしたけど！　でもここまで真剣に想われたのならいいかなって思っ……。

「静江さんのことが、好きだったんです、僕!!」

痴漢様は耳を疑うようなことを言った。全員一斉に「ハァ？」って顔をした。

「そっ、そちらのお嬢さんに、静江さんのアドレス聞いて……！」

「わ、私⁉　なにゆってるの、教えてな――。あ……」

そういえば、「アドレス教えてください」って言われた時、モゴモゴ言っててよく聞き取れなかった。ま、まさか……。

『静江さんのアドレス教えてください』

って言われてたんじゃ………。

「華やかで美人で、僕、どうしてもお近づきになりたくて……」

「…………」

「よくお嬢さん、あなたと出かけるところを見ていたから！　あなたに聞けば全てわかると思って……‼」

「…………」

「さっきは怒鳴ってすみません。純愛なのに、痴漢と思われていて、腹が立って……」

コウヘイくんが首をひねる。

「じゃ、なんで番号変更前の朝倉さんに、非通知でＴＶ電話したり、下着切ったりしたんだよ？」

「はっ？　僕そんなことしてないです！　それこそ犯罪じゃないですか!?」

痴漢様は私をびしっと指さした。

「そもそも、そちらのお嬢さんに僕は興味ないです。アドレスも知らないですし………」

ポカンとする一同。

「結論から言うと、静江さんのストーカーか」

「ギャー！　ヤダー、私の勘違い!!　シノちゃん恥ずかC―!!」

そして、痴漢に怒鳴られた意味もねー！　私は、恥ずかしくて両手で顔を覆った。

「いや結論早めすぎでしょ。朝倉さんに以前行われてた迷惑行為と、俺たちへの迷惑行為が、同一人物ではないってだけの話でしょ？」

コウヘイくんが冷静に分析した。

「ウ、ウン……そうゆうこと……かな？」

ケイジが、倒れている痴漢様に手を差し出した。

「いや、勘違いしてすみませんでした」

「い、いえ、こちらこそ、誤解を招くようなことをしました」

痴漢様は差し出された手を取り、身体を起こした。

「静江さんへの恋なら、俺は全面的に応援する」

「静江さんなら、全然ストーキング行為オッケーでしょ」

「きみたち、その発言がばれたら殺されるよ……！」

静江さんを守ろうともしない男２人に、私は優越感を覚えたらいいのか、注意を促すべきなのか悩んだ。

「ま、それとこれとは別に」

ケイジは痴漢様と繋いでる手に、ギリィッ……と力を込めた。

「シノに怒鳴ってんじゃねぇ――！」

「いだあだだだだだだだ‼　すみません！　すみません‼」

痴漢様は泣きながら悲鳴をあげたのだった。

「エート、つまり………」

ぽん、と両手を合わせて、

「痴漢様が犯人ではなかったってことは、私は既に番号を変えてるわけで、もうあの迷惑メールもＴＶ卑猥電話もこないから、解決ってことだよね？　わぁーよかったぁー☆☆」

ぱちぱちと拍手する。

「そりゃそうだけど……根本的な解決してないけど、大丈夫？」

不安そうなコウへイくんとケイジに「ウン！」と力強くうなずいた。

「大丈夫だよ。ここまでしてもらって、申し訳ないくらいだし」

2人には、感謝してもし足りない。

「…………ありがとう、2人とも！」

私は満面の笑みで、ナイトたちにお礼を言った。


翌朝——。

玄関の外に置いてあった傘立て（ガラス製）が倒れていて、砕けていた。お父さんがガムテープでペタペタ補修している。

「全く、誰だこんなことするやつは……！」

更に郵便受けに、大量の白い手紙が詰め込まれ、あふれていた。

「なんだろ手紙いっぱいあるー！　アレ、これ全部私宛だ……。ふんふん、ラブレターかな？」

などと、私は超のん気にビリィィと封を破いた。

「わー。殺すって書いてあるー☆　あはは、あはは」

なんなのこれ！　全然笑えねー‼　ちょうコエー！　軽くホラーじゃん‼　なに⁉　なに⁉

動揺しているところに、携帯が鳴り出した。

メール受信1件……5件……15件。

『メアド変えても無理だよ』

『この画像おかずにしてよ』

次々と送られ続ける猥褻メール。拒否しても拒否してもアドレスを変えて送り続けられる。

さらに非通知で次々と着信。TV電話の着信も止むことはない――。

切り刻まれた下着、砕けたガラスの傘立て……。

「な、なんなの……!?」

あの痴漢さんじゃないとしたら……。私完全に、ねらわれとるー!!


「本当に心当たりねーの？　このままじゃ対策取れねーぞ」

ケイジに苦虫を嚙《か》み潰したような顔で言われて、うぅぅと頭を抱える。

「ないヨー！　あったら自分でわかるもん……」

「たとえば、知らず知らず通行人に殴りかかったとか、目の前で悪口言ったとか、自分の身を守るため他人を蹴落としたとか、うわ、全部シノはやらかしそーで、こえー」

「ケイジの中で私ってどんな存在なの！　私ほど無害な乙女もなかなかいないよ」

「その自覚症状のなさはどうかと思うぞ。どんだけ俺がシノに煮え湯を飲まされたと思ってんだ！」

ケイジとこうして喋ってる間にも、次々と電話が鳴り、拒否してもアドレスの違うメールがどんどん送られてくる。

『男なら誰とでも寝るんでしょ？』

『やらせてよ』

『待ち合わせはどこがいい？』

次々送られてくる不快なメールにケイジの眉間に皺が刻まれていく。

その後、電話がかかってくるとケイジが私から携帯を取り上げた。

「おい、いい加減にしろ！　てめぇ名を名乗れ!!」

『あれ？　女の子じゃない？　シノちゃんじゃないの？　んだよ〜。せっかく電話したのに〜。ビルの情報デマだってよ〜』

「――――ビル？」

電話相手の背後から、笑い声が聞こえる。仲間同士でフザケ半分で電話しているようだった。

「ビル？　どこの？　この番号書いてあるんだよな？」

電話相手が教えてくれたビルへ向かった。若者向けのお店がいくつか入っている、狭くて汚いビルだった。

「このビルに書かれてるって聞いたけど……アレか？」

探す必要もないくらい、壁一面にデカデカと書かれた文字。

朝倉シノです♪　メスブタのシノちゃんを可愛がってね♡
メールｏｒ電話まってまぁす←←
Mail：candy-gum.ameblo@docomo.ne.jp
TEL：090-1234-5678

「ギャー!?　なにこれヒドイ!!　アッ、しかもこれ、私が新しくした番号だし!!」

「？　こっちには、旧番号かいてあんな。クソ」

「情報漏れるの早すぎる！　まだ変更して2日目――――アレ？」

ちょ、ちょっと待って……。怖いことに気付いた。

「ね、ねぇねぇケイジ……おかしいよ……」

「なにが？」

可愛がってね♡
話まってまあす
@

嫌な想像で、全身が震える。

「だ、だって……なんで私が2日前に新しくしたアドレス、このラクガキした人が知ってるの……⁉」

「え？」

「わ、私、新しいアドレスは一部の人しか教えてないもん……！」

そもそも、私のアドレス帳に登録されてる件数は、とても少なくて、新しいアドレスに連絡できる人も、限られる。

家族とケイジ。それから最近親しくなった人。

「静江さん、リューくん、コウヘイくん――」

私の新アドレスを知っているのは、家族とケイジ除く、この3人。

「……まさか………」

このメンバーの中で、表では心配する素振りを見せて、裏で私の番号を壁にかいたりして、笑ってた人がいる……？

「な、なーんて。そんなことないよね、疑っちゃだめだよね！　だって静江さんがそんなことするわけないし！」

でも、彼女は最初、私を嫌っていた。

「コウヘイくんだって、痴漢様から私を守ってくれたもん！」

でも、彼はかつて私を私をいじめていた。

「リューくんだって、友達で、なんだかんだ仲良いし！」

でも、彼は私の見た目を、毛嫌いしている。

「消えねーな、クソ」

ケイジが、袖で文字を消そうとガシガシとこすっていた。

「ケ、ケイジいいよ……洋服よごれちゃうよ……もういいよ……」

考えても考えても、親しい友人にはラクガキする理由があった。

「また番号変えるから……今度はケイジと家族だけに伝える……」

きっと私、誰かに確実に嫌われてる。

「バカか！　泣きそうな顔で疑うくらいなら信じろよ」

「で、でも……だって……こんなことされる理由がありすぎる」

「うーん……」

ケイジが首を軽くひねる。

「まー、たしかに、シノがなにかしらの件で、恨まれてないとは断言できないかなぁ」

「や、や、やっぱり……⁉」

「シノは性格がアレだからな。恨まれててもおかしくねー」

「……？　私、いいこだよ」

「いいこ……。いいこ？　俺はいいこって意味を間違えて覚えてんのか？　少なくとも世間一般のいいこはシノに当てはまんねーぞ！　これは断言しとく」

「そんなことない！　私のどこが悪いというの！」

「性格悪い、口悪い、平気で人を蹴落とす、悪口大好き、裏切る、人の不幸をよく笑う……」

「そ、そそそそんなことない！　ない！　多分ない！」

「自覚症状もなく、反省の色もなし、と」

耳が痛い！

「これがシノの評価だ。うん、ありがたく受け取れ」

「私を精神的にボコしてなにがしたいの‼」

本気で泣きかけた。

「一応、恨まれそうな理由を言うことで、なにか思い当たるふしあるんじゃないかと」

「ないよ……！　ダメージ食らっただけだよ！」

「そうかー、うーん困ったな。本格的に手詰まりだ」

「ウッウッ。私ってほんと人に嫌われる要素しかないんだね……。暗いし存在感ないし公害だし汚物だし、ケイジいわく人格終わりすぎてるし、迷惑な女だね……」

私は、体育座りでウジウジし始めた。

「おいおい暗くなんな！　立て立て！」

「ボコした人がなにを言うか！　ケイジもよくここまで性格の終わってる私と付き合ってられるね……フフフ」

いよいよネガティブゾーンに突入した。

「いや、まー、たしかに性格は問題だけど、俺はそんなシノが好きになったので別に問題ないなあ」

「…………」

キュン。

「上げたり落としたり、まったくもう！…………ありがとう……」

「ん。元気だせよ」

ぽんぽん、とケイジに頭に手をおかれ、慰められた。

「……なんだかケイジはいつも、私が凹むと優しい言葉かけてくれるよね。エヘヘ」

「いやシノが落ち込むと、いいこと言わないと終われないい気がするんでな……」

照れくさそうに、ケイジが一瞬目をそらす。

「が！　指摘されると結構恥ずかしいな⁉　今日はもうこれで終わりにしてやる！　そんないつもネタはねーよ！」

「は——い！」

身内の仕業かもしれない事実は、ショックだけど、ケイジのおかげで気持ちが和らいだ。

「あー、あとさ。冷静に考えろよ。あいつらが遠まわしに、こんなくだらない面倒なことするわけねーだろ」

「…………そ、そうかなぁ……？」

「断言するね。あいつらなら、もっとストレートにやる！」

…………。たしかに…………。

「静江さんなら、TV電話するまでもなく卑猥AVを拘束してまで見せてきそうだし、リューくんだったらメールを送ることもなく直接〝やらせろよ〟とか言ってくるし、ガラス壊すくらいなら、コウヘイくんは私をまずボコってきそうだよね‼」

「そのとおりなんだけど、今の言葉であいつらがどう思われてるかわかって、少し可哀想になってきた、俺」

「疑ったらだめだよね……！　どっからか漏れたのかもしれないし、私の不手際で。ありがとうケイジ！」

ブブブブ、再び着信が鳴り響く。一瞬躊躇するものの、着信は〝リューくん〟からだった。

「はーい、もしもし……」

『シノ、大変なことになったよ！』

珍しく真剣なリューくんの声に、〝この件〟だと思った。

『一連の犯人がわかった!!』

「エッ、マジ！　誰！　でも私はみんなを信じ――」

『おれ！』

「え？」

時が止まった。

自宅前にリューくんとコウヘイくんがいた。その隣には、すこしキツめの美人がいた。

「誰……？」

どこかでみた顔だな、と思ってたら、女がツカツカと私の元に向かってきた。そして、いきなり彼女に頬を叩かれた。痛い。

「シ、シノ……！　ごめん、おれが教えちゃって!!」

青ざめているリューくん。

意味がわからない私。なにゆえ私は叩かれた？

「あたしが好きだった男を、よくも取ったわね！」

「……好きって……」

女は、私の背後にいるケイジを一瞥《いちべつ》してから、私を睨んだ。

私は、そこでようやく彼女の一連の行動に、ピンときた。そして、今まで私に嫌がらせしてきた犯人さえも理解した。

――この女だ!!

「ま、まさか、郵便受けに大量の手紙入れたの……」

「そうよ、アタシよ！」

「ビルの壁に私のメールアドレスを書いたのも！」

「そうよ、リューの携帯見て調べたわ！　あなたが憎くてね！」

「………………あ、あなたが……」

もうね、このパターンいつか来るんじゃないかと予想してた。ドラマとかでよく見るアレね。ケイジを好きな女が、私にケンカ売って来るっていうやつ!!

そうか、ついにそうゆうの来たか、まぁいつかは来るとは思ってた。

そうゆう三角関係いいよね、私は負けないけどね！　言い返してやる！

「この……」

「この尻軽アバズレ!!」

「エ、エエー！　尻軽アバズレ！」

初《しょ》っ端《ぱな》からすごいこと言われたー！

「よくも、よくも、人の男、寝取ったわね!!」

「ハ……ハアアア!?　な、なに言ってるんですか……！　寝取るもなにも、私、高校時代からずっと付き合ってますし！」

「嘘言ってんじゃないわよ!!　そんなわけないでしょ!!」

「嘘じゃないです！　ずっと付き合ってます！　それは、そこにいるリューくんが特に知ってます！　同じクラスだったから！」

ビシーッとリューくんを指差した。

「……!?　本当なの!?　リュー!!」

「そうだよね、リューくん！　私たち、高校から付き合ってるよね！」

「え？　え？　そ、そうだっけ？」

リューくんがものすごい戸惑ってる。

そうだっけじゃねー！　なんて役に立たない男……！

「ほら、リューだってわかってないじゃないっ！」

「あ、あれは役に立たな……あのですね！　彼女の私に嫉妬する、片思いのあなたの気持ちはわかりましたけど、なにも嫌がらせすることないじゃないですか……！」

「片思い⁉　彼女⁉　よくもまぁ言うわ！　アタシは、れっきとした彼女！　ちゃんと付き合ってたのよ‼」

「エ……っ、付き合ってた⁉　ど、どうゆうこと！」

超動揺した。

い、いや、だ、騙されてはいけない、これは巧妙な罠だ。嘘だ。

「ふ、2股なんてするわけないじゃないですか。私とほぼ毎日会ってるのに、そんな時間ないはずだし。今日だって私のために……」

「ほぼ毎日会ってる……？」

彼女は絶望したような表情を浮かべた。

「……あたしは1週間に1回しか、それも短い時間しか会ってくれなかった……毎回ホテル。それでも幸せだったけど……ウゥ」

女は泣き崩れた。

「朝倉さんが本命なのね……私は身体だけってことなのね……」

肩を揺らして泣く彼女の姿を見ると、嘘は言ってないことだけ伝わった。

「……どうゆうことなの、ケイジ……！」

振り返ると、ケイジは、手で顔を押さえてた。

「なにその、〝あちゃーばれたー〟みたいな態度は！」

「いや、なんかもう、今後の未来が予想できすぎて」

ケイジの不誠実な反応にぶわっと涙があふれた。

「うそつき‼　大嫌い‼」

ケイジに平手打ちをした。

「ひどい……！　信じてたのに、ばかばか！」

「ねぇ……さっきから気になってたんだけど……その男、誰？」

ぐずぐずっと女が泣きながら、ケイジを指して聞いてきた。

「わ、私の彼氏ですよ！　あなたが今、言ってた」

「あたしの彼氏は、リューだよ！　あなたが横取りした！」

「え？」

「……え？」

みんなの視線が一斉にリューくんに集中した。

「いや、うん、だからね……おれね、勘違いだよって説明したんだけど………ね」

リューくんがしどろもどろに答える。

「うん。ほら、このあいだ、シノに偽装彼女をしてもらって……そしたら彼女が〝やっぱ信じられない！　直接確認したいからシノのアドレス教えろ！〟ってね、言ってきてね……」

「………」

「でね、彼女がシノにメールしてたり、壁にラクガキしたりね……判明してね……」

リューくんが、バツ悪そうに私の顔をのぞきこんだ。

「あの…………もう説明の必要ないよね？」

「ケイジ、ごめん‼」

思いっきり平手打ちしちゃったよー！　慌ててケイジへ振り向いた。

「ハハハ、もういいです、慣れてるから」

「ごめんねごめんね‼」

そういえば、この女性、どこかで見たと思ったら、このあいだリューくんに連行されて別れ話に協力した、7股の中の誰か……。

「す、すみませんでした、アタシ、勘違い――」

リューくんの（7股の）彼女が、慌てて頭を下げてきた。

「リューがなかなか会ってくれなくて、浮気してるんじゃないかって、あなたにまだ会ってるんじゃないかって、不安で――」

リューくんの偽装工作に協力した私も私だから、自業自得で彼女を責める気にはならなかった。

「あら」

バタン、と玄関から静江さんが現れた。家の前に集まっている面々を見て、彼女はくすっと微笑む。

「見ない女の子がいるわね。リューくんの7股の彼女さん？」

しかもとんでもない爆弾を置いていった。

「なんてことを！」

リューくんが青ざめる。女がリューくんに視線をゆっくりと移した。

「なな、また……？」

「い、いや違うよ。落ち着いて」

「7股ってどうゆう……」

「これには深いわけゴフーッ！」

今度はリューくんに、彼女から思いっきり平手打ちが飛んでいた。

「まぁ妥当な判断だ、うん」

ケイジがうなずいていた。

「あらやだ、あたしったら失言しちゃった？　この子の散歩に行こうと思っただけなのに」

子犬を抱えながら、静江さんがニコニコしていた。

「し、静江さん、それ……？」

子犬を指差しながら、おそるおそる尋ねてみる。

「可愛いでしょ♪　弟くんに誕生日プレゼントに買ってもらっちゃった♪　うふっ」

「エ、どこで飼ってるんです……？」

「もちろん、シノちゃん家よ」

はい？

「いつから!?　うち猫がいるんですよ!?」

「そうなのよね～。だから飼うのに苦労したわー。1ヶ月前からこっそり部屋で飼ってて、さすがに隠して飼うのも限界あるし、ここらでバラしておこうと思って」

この状況下でも、静江さんらしい言動にガックリと肩を落とした。

「ちょっと静江！　ちゃんとお姉ちゃんに謝って！」

続けて弟が現れ、静江さんに頭を下げるようにと怒ってた。

「……ほへ、なになに？？」

「犬が、お姉ちゃんの下着ビリビリに嚙みちぎったこと！　あと犬の体当たりのせいで、傘立てが壊れたこととか！」

「エッ？」

「ちょ、だめよぉ！　あれはあたしの迫真の演技で、痴漢のせいにしたのに」

「し、静江さん……？」

私は顔をひきつらせながら、静江さんを半眼で見やった。

「やだ、シノちゃん怒らないで。ちょっとしたオチャメじゃない。子犬飼ってること内緒にしたかったのよぉ」

「そのせいで、私がどんだけ悩んだと思ってるんですか!!」

「ごめんってばぁ、怒っちゃイヤン♡♡」

「そうそう、そうゆうことでさ、シノ、ごめんね？」

ポンポンと私の肩を叩きながら、続いてリューくんも謝ってきた。

リューくんの頰には、くっきりと赤いもみじマークがついている。彼女はもういない。フラれたようだ。

「なるほど、結局すべて犯人ばらばらだったってワケか」

納得するようにつぶやくコウヘイくん。

「全てばらばらだったって…………。元はと言えば、コウヘイくんが同一犯とか言いだすから、こんなことに!!」

「あはは、そうだっけ？」

「覚えてないや～」とコウヘイくんが微笑んだ。

「私、結局、本当の意味で被害者じゃん!!」

リューくんに巻き込まれ、静江さんに巻き込まれ……！

「でも、それって、みんなシノちゃんを愛してるからよ！」

静江さんが謎、かつ、強引にまとめてきた。

「はあ？　愛し？　愛してたら、私、こんなことに巻き込まれません！」

「馬鹿ね。シノちゃんだからいいかなって、許してくれるかなって、甘えちゃった結果でしょ、これは」

「エエェ？」

疑いの眼差しを向ける。

「そそそ、シノにはなにしてもいいって空気でてるんだよね！　冗談通じるし気が合うし、なにかやらかしても最終的に笑って許してくれるしさ。一緒にいて楽だよね」

　リュークんまで賛同してきた。

「エェェ……そ、そう……？」

「そうだよ。俺もそう思うね。朝倉さんは不協和音のメンバーをうまく中和させるっていうか。この面子で集まってるのって、みーんな朝倉さんがいるからだよ？」

　コウヘイくんまでそんなこと言っている。

「わかったでしょ。みんなシノちゃんを愛してるのよ。確かに色々巻き込んで、大変な思いさせちゃったけど、シノちゃんを愛してるがゆえの事故でもあるわ」

「そそそ、そんなテキトーなこと言って、いいくるめようとしてるんすよね！　私だまされませんからっ」

「これこそまさに、シノちゃんのモテ期ね」

「!!」

「そう思わない？」

　静江さんがにこっと微笑んだ。

「そ…………そそそそうかなぁ……!?　これがモテ期ってやつなのかなあ!?」

　私も途端にデレデレし始めた。

「そ、そうだよねぇ、私っていいこだから、みんなのような人格破綻者にひどいこと言われても結構耐えてるっていうか、まじ女神っていうか、愛されないわけないよね！」

あげく、調子に乗り始めた。

「ホッ。これでどうにか機嫌回復したわね」

「シノは、ばかで処女だから、単純で助かるよ」

「え？　処女なの？　それはねぇわ……」

3人がでかい声でひそひそしてる。

「きみたちのその内緒話の下手さに、私びっくりだよ……！」

ものすごい、私の顔がひきつった。

「お姉ちゃん、なんだか楽しそうだね、ケイジくん！」

「だなー。この楽しさは俺らが3人で遊んでた頃じゃ、到底出せなかったもんかもな」

「言われてみればそうだぁ……。昔は、ケイジくんとお姉ちゃんと僕の3人でよく遊んでたのに」

静江さんが現れ、コウヘイくんが現れ、リューくんがおまけで追加されて。

「気付いたら楽しい大所帯になったね」

「コイツらをまとめるの、くそ大変だけどな……」

ケイジがげっそりと息を吐きつつ。

「ちょっとそこの3人、私、今回だけは許さないからね！」

「謝ってるじゃないの、わからずやねぇ、シノちゃんは」

「おい、シノの長所は許すことだけだろ。そこなくしてどうするんだ、バカか！」

「もういいじゃん、朝倉さん、ちっちゃいこと気にしなくても」

「あのねー!!」

「……ま、シノが楽しそうならそれでいいか」

この騒がしいメンバーを、ケイジが楽しげに見守ってくれていた。


「……ケイジ、ほっぺ大丈夫？　エヘエヘ」

「おー」

ベランダで佇《たたず》んでいるケイジにてくてく近づいた。さっき強く叩きすぎたかもしれない、ちょっと不安になってきた。

「みんなリビングで騒いでるよ。ケイジも来ないの？」

「うーん、色々思うことあって、ちと考えてた。子が成長するって気持ちはこれかなぁ、と。子離れできてねー俺もあれだが…………」

「????」

わけがわからないといった私の様子に、ケイジが目を細めた。

「いやぁ。随分シノさんにも社交性、身に付いたんじゃないですか?」

「エッ?」

「昔と比べて、仲間が増えたっつーかさ……友達できたな」

「あ。ウ、ウン……!」

あの頃はアドレス帳の登録件数4だったな……。今も7という、さして変わらない数字ではあるけども。

「シノの社交訓練してたころを懐かしんでた。つってもそんな昔でもないはずなんだけど」

「してたねぇ……悪夢のような……渋谷であんな恐ろしいこと」

「今はもうする必要ねーな」

「そ、そうかな⁇　そうかもしれない……」

静江さんやコウヘイくんのおかげで、ちょっとだけ人に慣れた気がする……って、アッ⁉

ケイジの言いたいことがわかって、一気に焦った。

「こ、子離れしちゃだめだよ！　私、だって、ず、ずっとケイジのそばにいたいから！」

「あー？　いや子離れの話に深い意味はねーんだけど。うん、まぁ俺もそばにいたい」

よかった、と安堵したように息をついて、ケイジのそばにぴっとりとくっついた。みんな来ないだろうし、ちょっとくらい甘えてもいいよね、ね。

「しかしシノのすごいところは、静江さんもコウヘイも元敵だったのに今じゃ仲良くなってるところだよな」

「それ全然すごいところじゃないよ……トラウマだよ、むしろ……。なんで敵なんて作っちゃうんだろ、私……」

「いや別に敵作ることは否定してねーぞ？　それで結局仲良くなってんだし。むしろもっとどんどん敵作れ。シノの長所だ」

「短所だよ!!」

思わず頭を抱える。

「もうこのままじゃ命がいくらあっても足りない……。いつか、味方にならない敵が現れた場合は、どうすれば……」

「あー、その心配はすんな」

私を見つめたケイジが、さらっと言う。

「月並みだが、シノが世界中の人間、敵に回しても俺はそばにいると思うし、お前が危ない目にあうのは自分のこと以上に嫌だしな。いざという時は全力で守ってやる」

「…………えええええ……きゅ、急になにを……!!」

恥ずかしいところじゃないこと言ってる。

「あ、ありがとう」

嬉しいけど……!!

「わ、私もね、世界中のみんながケイジの敵になったら……たす…………助けられはしないけど、応援は絶対するよ」

「だからお前のそうゆうところが!?」

「エへへ、こうゆうところが敵作るのかな?」

私はヘラヘラと笑う。

「だってなんか照れ――」

そう言っている途中で顎を持ち上げられて、

「……そうゆうところに俺は弱いんだろーなー」

「…………」

ケイジのその一言に顔をめちゃくちゃ赤くして、テンパりすぎて言葉がうまく出なくて、ありがとうとか好きとか、そんなありきたりの言葉じゃ表せないくらいの気持ちを胸いっぱいに溜め込むと、私は瞼を閉じて、ゆっくりとキスした。

この作品は二〇一〇年七月アメーバブックス新社
より刊行されたものに加筆訂正したものです。

幻冬舎文庫

●最新刊
帝都東京華族少女
永井紗耶子

明治の東京。千武男爵家の令嬢・斗輝子は、住み込みの書生たちを弄ぶのが楽しみだが、帝大生の影森にだけは馬鹿にされっぱなし。異色コンビが手を組んで事件を解決する爽快&傑作ミステリ！

●最新刊
ぐるぐる七福神
中島たい子

恋人なし、趣味なしの32歳ののぞみは、ひょんなことから七福神巡りを始める。恵比須、毘沙門天、大黒天と訪れるうちに、彼女の周りに変化が起き始める。読むだけでご利益がある縁起物小説。

●最新刊
魔女と金魚
中島桃果子

無色透明のビー玉の囁きを聞き、占いをして暮らしている魔女・繭子。たいていのことは解決できるが、なぜか自分の恋だけはうまくいかない。仕事は発展途上、恋人は彼氏未満の繭子の成長小説。

●最新刊
まぐだら屋のマリア
原田マハ

老舗料亭で修業をしていた紫紋は、ある事件をきっかけに逃げ出し、人生の終わりの地を求めて彷徨う。だが過去に傷がある優しい人々、心が喜ぶ料理に癒され、どん底から生き直す勇気を得る。

●最新刊
天帝の愛でたまう孤島
古野まほろ

勁草館高校の古野まほろは、演劇の通し稽古のために出演者達と孤島へ渡る。しかし滞在中、次々とメンバーが何者かに襲われ、姿を消してしまい……。絶海の孤島で起こる青春ミステリー！

幻冬舎文庫

●最新刊
女おとな旅ノート
堀川 波

アパルトマンで自炊して夜はのんびりフェイスパック、相棒には気心知れた女友だちを選ぶ……。人気イラストレーターが結婚後も続ける、〝女おとな旅〟ならではのトキメキが詰まった一冊。

●最新刊
青春ふたり乗り
益田ミリ

放課後デート、下駄箱告白、観覧車ファーストキス……甘酸っぱい10代は永遠に失われてしまった。やり残したアレコレを、中年期を迎える今、懐かしさと哀愁を込めて綴る、胸きゅんエッセイ。

●最新刊
走れ！ T校バスケット部6
松崎 洋

N校を退職した陽一はT校バスケ部のコーチとして後輩の指導をすることに。だがそこには、自己中心的なプレイばかりする加賀屋涼がいて……。バスケの醍醐味と感動を描く人気シリーズ第六弾。

●最新刊
キリコはお金持ちになりたいの
松村比呂美

薬などを転売して小銭稼ぎを続ける看護師・霧子は、夫のモラハラに苦しむ元同級生にそっと囁いた。ろくでなしの男なんて、死ねばいいと思わない？ 底なしの欲望が炸裂、震慄ミステリ。

●最新刊
クラーク巴里探偵録
三木笙子

人気曲芸一座の番頭・孝介と新入り・晴彦は、贔屓客に頼まれ厄介事を始末する日々。人々の心の謎を解き明かすうちに、二人は危険な計画に巻きこまれていく。明治のパリを舞台に描くミステリ。

幻冬舎文庫

●最新刊
密やかな口づけ
吉川トリコ　朝比奈あすか　南　綾子
中島桃果子　遠野りりこ　宮木あや子

娼館に売り飛ばされ調教された少女。SMの世界に足を踏み入れてしまった地味なOL。生徒と関係を持ってしまうピアノ講師。様々な形の愛が描かれた気鋭女性作家による官能アンソロジー。

●最新刊
オンナ
L・iLy

30歳になってもまだ処女だということに焦る女、婚約者が他の女とセックスしている瞬間を見てしまった女……。女友達にも気軽に話せない、痛すぎる女の自意識とプライドを描いた12の物語。

●好評既刊
ナインデイズ
岩手県災害対策本部の闘い
河原れん

東日本大震災発災にあたり、最前線で奮闘した岩手県災害対策本部。何ができて、何ができなかったのか。その九日間を膨大な取材をもとに克明に綴った、感動のノンフィクションノベル。

●好評既刊
心を整える。
勝利をたぐり寄せるための56の習慣
長谷部　誠

心は鍛えるものではなく、整えるもの。いかなる時でも安定した心を装備することで、常に安定した力と結果を出せると長谷部誠は言う。136万部突破の国民的ベストセラーがついに文庫化！

●好評既刊
血の轍
相場英雄

公安部の差し金により娘を失った怒りを胸に刑事部に生きる男。刑事部で失態を演じ、最後の居場所を公安部と決めた男。所轄時代、盟友だった二人が大事件を巡り激突する……。傑作警察小説！

教室《きょうしつ》の隅《すみ》にいた女《おんな》が、モテキでたぎっちゃう話《はなし》。

秋吉《あきよし》ユイ

平成26年2月10日　初版発行

発行人――石原正康
編集人――永島賞二
発行所――株式会社幻冬舎
〒151-0051東京都渋谷区千駄ヶ谷4-9-7
電話　03(5411)6222(営業)
　　　03(5411)6211(編集)
振替00120-8-767643
印刷・製本―中央精版印刷株式会社
装丁者――高橋雅之

幻冬舎文庫

ISBN978-4-344-42144-8　C0193　　あ-44-2